프로게이머

프로게이머 6 완결

초판 1쇄 인쇄일 2017년 9월 19일 | **초판 1쇄 발행일** 2017년 9월 22일

지은이 랑느 | **펴낸이** 곽동현 | **담당편집 팀장** 이범수
편집부 신연제 이윤아 홍현주 김유진 조서영 임소담 정요한 김미경

펴낸곳 (주) 조은세상 | 출판등록 제 2002-23호
주소 경기도 연천군 미산면 청정로 1355
TEL 편집부 02)587-2966 | FAX 02)587-2922
e-mail bukdu@comics21c.co.kr

ISBN 979-11-6171-261-1 | ISBN 979-11-5832-825-2(set) | 값 8,000원

랑느 현대판타지 장편소설

NEO MODERN FANTASY STORY

프로게이머

PROGAMER

6

완결

랑느 현대판타지 장편소설

NEO MODERN FANTASY STORY

CONTENTS

26장. 의미 있는 우승

프로게이머
PROGAMER

프로게이머
PROGAMER

26장. 의미 있는 우승

부시를 확인하는 브레이커는 잔뜩 긴장한 채로 다음 상황에 대처할 방법들을 머릿속으로 미리 시뮬레이션 했다.

부시에 들어갔을 때 팡테온이 튀어나와 덮친다면?

곧바로 실드 스킬과 스펠을 이용해 대미지를 무산시키며 빠져나가는 것에 집중해야 한다.

기습으로 인해 일정 체력을 잃어버리고 점멸이 없는 상태에서 기본 공격 무빙 샷을 맞는다면, 팡테온의 패시브 특성상 지속적으로 터지는 크리티컬 대미지에 위험할 수도 있었다.

기본적으로 이 라인에서 팡테온이 압도적인 승기를 잡지 못하는 이유는 추격하면서 때려 볼 만한 거리가 나오지 않기 때문이었다.

이미 서로 궁극기까지 배워둔 상태였기에, 위치변환기 스킬을 적절히 사용하면 역으로 잡아먹는 각도 볼 수 있었다.

그렇다면 반대로 부시에 팡테온이 없는 경우에는?

스킬을 쏟아 부어서라도 라인을 빨리 밀어 손해를 최소화 한 다음 본진으로 귀환해서 아이템을 구매해야 했다.

팡테온이 먼저 귀환 타이밍을 잡았다면 라인 복귀가 더 빠를 테고 필연적으로 CS나 포탑 체력에 손해를 보게 되기 때문이었다.

적당히 긴장감을 머금은 채 부시 안을 확인한 브레이커의 손놀림이 빨라졌다.

"없죠! 팡테온은 이미 귀환하고 아이템 구매까지 마쳤거든요! 아아, 브레이커 선수 심리전에 완전히 당했습니다."

"단순히 귀환을 하더라도 부시 안에서 귀환하며 심리전을 거는 베놈 선수의 탁월한 센스 플레이였죠."

"브레이커 선수 급하게 라인을 밀고 있습니다. 바로 귀환 타이밍 잡으려는 거죠."

"아이템 차이가 나 버리면 아예 상대가 안 되니까요."

기본적으로 아이템이 곧 전투력으로 전환되고 더 강한 상태로 라인전을 치루면 팡테온이 근접 챔피언이라 하더라도 우르고를 밀어 넣을 수 있었다.

CS격차도, 포탑 체력 상황도 자연스럽게 벌어질 것이 불보듯 뻔한 상황이니 귀환 타이밍을 잡을 수밖에 없었다.

그런데 마침 우르고가 라인을 거의 다 밀 즈음 우르고 뒤편으로 동그랗고 커다란 원이 하나 그려졌다.

"아아! 팡테온! 팡테온이 돌아옵니다!"

"궁극기를 라인 복귀용으로 사용하는군요!"

"우르고는 아직 본진으로 귀환하지 못한 타이밍입니다!"

"라인을 밀고 있었기에 다소 포탑 앞으로 많이 전진한 상황에 뒤를 잡히네요!"

칼날 같은 타이밍이었다.

우르고가 귀환 타이밍을 잡고 라인을 밀며 전진하기를 유도하고, 아이템을 구매하지 못하도록 칼 타이밍을 잡아서 궁극기로 라인에 복귀하는 멋진 각!

이대로 물리면 우르고는 다음 기회도 없이 팡테온의 공세에 당할 수밖에 있었다.

"팡테온의 대강하 스킬이 라인 복귀용으로 사용됩니다!"

"떨어지는 팡테온이 달려들기 전에 우르고의 위치변환기!"

브레이커가 슈퍼 플레이를 선보였다.

대강하와 동시에 달려드는 팡테온보다 더 정확한 타이밍을 재서 궁극기를 사용한 것이다.

팡테온이 우르고의 뒤를 잡는 형세였으니 위치가 전환되면 도망치기 수월했다.

그런데.

"아앗! 아이템! 아이템을 확인 못했죠!"

"장식 띠를 구매했네요! 남은 돈은 전부 오란의 검에 투자했죠!"

"위치변환기 스킬을 풀어버리는 팡테온!"

"마치 자신이 그려둔 시나리오대로 게임이 흘러간 듯 정확한 타이밍에 정확한 아이템!"

"처음 서로 어떤 챔피언을 고를지 알 수 없는 상황이기에 오랜 시간 준비해온 모습은 아닐 텐데요?"

"로딩 화면에서 챔피언을 확인하고 그린 시나리오라면 정말 놀라운 재능입니다. 베놈 선수!"

궁극기 활용까지 무위로 돌아간 우르고가 할 수 있는 건 별로 없었다.

"우르고가 스펠을 사용해서 버팁니다!"

"팡테온 역시 점화, 탈진 스펠을 쏟아 부어 공격합니다! 오란의 검만으로도 기본적인 공격력과 계수가 좋아 대미지가 잘 나오는 팡테온!"

"과감하게 밀어붙이네요! 창던지기! 심장 찌르기! 다시 창던지기!"

"우르고 체력이 아슬아슬한 상태로 포탑 뒤편까지 도달!"

"팡테온은 신경도 안 쓰고 그대로 추격합니다!"

"포탑 안으로 추격해 들어가 다이브!"

무리한 시도가 아닌가 싶었지만 전혀 그렇지 않았다.

팡테온의 패시브는 기본공격 뿐 아니라 포탑의 공격도 완전하게 막아낼 수 있는 좋은 수단이었다.

"포탑 대미지를 무산시키면서 집요하게 물고 늘어지는 팡테온!"

"마지막이죠! 마지막 창던지기!"

"아아! GG!"

결국 우르고가 팡테온의 창끝에 쓰러지며 첫 번째 세트가 종료되었다. 그러나 게임이 끝난 건가 싶을 정도로 고요하게 정적이 흘렀다.

[끝난 거야? 저렇게?]

[브레이커가 귀환 타이밍 제대로 못 잡고 일격에 당한 거야? 그냥 한 번 타이밍에?]

[잠깐만 이거 완전 짜 놓은 시나리오 같잖아.]

[위치변환기 장식 띠로 풀어버리는 거 봤음?]

[마나통도 딱 알맞게 써먹었네.]

[브레이커가 이렇게 쉽게 진다고? 아무것도 못해보고?]

1세트가 끝남과 동시에 터져 나온 팬들의 온라인 반응은 폭발적이었다.

아마 지금 현장의 팬들이 경악스러운 얼굴로 앉아 있는 것 역시 이와 크게 다르지 않을 것이었다.

그들에게 있어서 언제나 응원해왔던 로크의 신, 브레이커가 손도 써보지 못하고 모든 것을 차단당한 채 무기력하게 지는 모습은 처음 보는 것이었다.

팬들은 그 순간 베놈이라는 선수의 진가에 대해 조금씩 체감하기 시작했다.

◆

브레이커가 우르고를 선택할 줄은 몰랐다.

타이밍상 어쩔 수 없이 장식 띠 아이템을 구매하기는 했는데 확실히 잡아낼 만큼 딜이 나올지는 의문이었다.

다행스럽게 상황이 잘 풀리고 구치, 부치 형제를 뛰어 넘으며 한 층 좋아진 피지컬 능력 덕분에 승리를 가져오기는 했으나 브레이커는 역시나 브레이커였다.

마지막 순간 실드 스킬의 재사용 대기시간이 지나갔음에도 사용하지 않고 포탑 안으로 내가 따라 들어오기를 기다리다가 낚시 플레이를 시도했다.

워낙 좋은 타이밍을 잡은 덕분에 가까스로 이기기는

했으나, 자칫 창던지기 한 방에 끝날 거라 생각하고 마음을 놓았다면 어영부영 포탑에 두드려 맞다가 역전 각을 내어줄 뻔했던 상황이었다.

대외적으로 그 모습이 어떻게 비춰졌을지 알 수 없으나, 나는 확실하게 느낄 수 있었다.

브레이커는 괜히 브레이커가 아니라는 사실을.

최후의 순간 날카롭게 낚시 플레이를 준비하는 그 모습은 이미 보통의 범주를 훨씬 뛰어 넘은 존재였다.

남은 세트 최고의 집중력을 발휘해서 반드시 이 대단한 녀석을 뛰어넘고 말겠다는 다짐을 했다.

세계인이 보고 있는 지금 이 순간이 나를 한 번 더 진화시킬 수 있는 좋은 기회였다.

2세트는 바로 시작되었다.

첫 번째 세트에서 팡테온을 선택한 이유는 솔직하게 브레이커의 동물적 감각을 논타겟 스킬로 저지할 자신이 없었기 때문이었다.

이미 리그에서 수차례 맞붙어 대등한 실력을 보였다고 생각은 하나 그것은 어디까지나 각 팀마다 다섯 명의 플레이어, 즉 도합 열 명의 플레이어가 함께 하는 정상적인 게임의 범주에서였다.

내가 다른 라인에 개입할 수도 있으며, 다른 라인에서 내게 개입할 수도 있는 형태의 게임이라는 뜻이다.

그렇기에 강제되는 챔피언과 아이템, 특성과 스펠이 존재한다.

그러나 지금은 오롯하게 상대에게만 집중할 수 있는 형태의 1:1 라인 게임이었다.

외부에서 개입될 요소가 모두 차단된 상태에서, 브레이커가 온전하게 나와의 싸움에만 집중하면 얼마나 무서워질지 전혀 감이 오지 않았던 것이다.

팡테온으로 한 게임을 치루고 보니 어느 정도 알 수 있었다.

논타겟 스킬 유형의 챔피언으로도 충분히 브레이커를 상대할 만하다고 말이다.

그래서 큰 고민 없이 2세트 챔피언을 선택했다.

내 선택은 탑 라인에서 자주 등장하는 단골손님인 제넨이었다.

원거리 공격이 가능하고 조건부이지만 CC기도 지니고 있으며 기동력 역시 준수한 녀석이었다. 게다가 노 코스트 챔피언으로 유지력도 제법 괜찮았다.

관건은 파밍기, 견제기 겸용 주력 스킬인 논타겟 스킬을 얼마나 정확하게 적중시키는가에 달려 있었다.

드디어 게임이 시작되고 브레이커 이상현이 선택한 챔피언의 초상화가 보였다.

만만치 않은 챔피언을 선택했다.

모든 것이 기동성, 1:1 파이팅 능력에 특화된 챔피언인 매 조련사였다.

제넨과 비슷한 매커니즘이지만 1:1 상황에 강력한 CC기인 실명과 타겟 스킬이 있어 막상 싸울 때에는 훨씬 편한 면이 있었다.

제이드나 야소 같은 자신 있는 챔피언을 꺼낼 거라 생각했는데 예상이 빗나갔다.

더구나 제넨을 일반적인 AP 아이템 마법 대미지 챔피언으로 운영하는 게 아니라 원거리 딜러처럼 AD 트리로 쓸 생각이었기에 실명의 존재는 뼈아팠다.

그나마 실명 스킬이 논타겟이라 잘 피하면 타이밍을 볼 수 있었다.

게임이 시작되고 드디어 라인에서 브레이커의 매 조련사와 마주했다.

서로 위협적으로 견제기를 던졌다.

브레이커는 눈을 공격해 실명시키는 매 왈러를, 나는 스턴 표식을 남길 수 있는 표창을 던졌고 서로 간발의 무빙으로 첫 공격을 흘렸다.

브레이커도 나도 두 개의 스펠은 점화, 탈진으로 공격적인 운영을 예고했다.

시작 아이템도 오란의 검을 구매했고, 룬도 공격력에 비중을 두어 킬 포인트를 노린다는 것을 노골적으로 드러냈다.

전투병이 도착하자 치열한 견제가 시작되었다.

서로의 논타겟 스킬은 전투병을 관통하여 적중할 수 없기에 전투병 뒤로 몸을 숨기며 착실하게 CS를 챙기는 와중에 사거리가 나오면 여지없이 기본 공격을 교환했다.

원거리 공격이 가능하지만 퓨어 AD 캐리라기에는 애매한 면이 있어 사정거리도 엇비슷하게 짧은 두 챔피언이었다.

딜 교환은 치열했다.

그 중에서도 유독 눈에 띄는 것은 나도 마찬가지지만 브레이커도 논타겟 스킬을 제대로 적중시키지 못하고 있다는 것이다.

쉽게 툭툭 던질 수 있는 위력적인 스킬이지만, 적중되어야만 연계기를 이어갈 수 있는 스킬이기도 했다.

내가 기본 공격 두 번을 적중시켜 스턴 스텍을 쌓아두면 브레이커는 거리를 벌려 스텍이 지워지면 다시 돌아왔고 내가 매 조련사의 접근기를 맞으면 곧바로 이동속도가 높아지는 스킬을 사용해 거리를 벌려 콤보를 무마시켰다.

치열하기 때문에 벌어지는 현상이었지만, 보는 이들은 지루하게 느껴질 수 있는 파밍 싸움이었다.

나는 오히려 환영이었다.

6레벨이 되면 궁극기에서 차이가 벌어진다.

제넨의 궁극기가 매 조련사의 궁극기보다 훨씬 위력적이었다.

스턴 연계를 훨씬 수월하게 만들어주는 장판형 스킬이었다.

반면에 매조련사의 스킬은 매를 타고 날아다니며 엄청난 기동력을 얻는 스킬이었다.

본진으로 귀환한 다음 라인을 복귀하는 것에 수월한 면이 있겠지만 맞상대를 펼치기에는 적합하지 않았다.

그렇게 6레벨을 바라보며 파밍을 하는 와중에 브레이커가 움직였다.

6레벨까지 경험치 바를 절반가량 남겨둔 상태에서 점화와 탈진까지 모두 쏟아 부으면서 달려든 것이다.

갑작스럽게 접근한데다가 탈진까지 걸리는 바람에 실명 스킬을 맞아버렸다.

잠시 시야가 모두 사라진 상태.

나는 본능적으로 우리 포탑이 있는 방향으로 움직였다.

♦

모두 숨을 죽인 채 매 조련사의 움직임에 집중했다.

"다짜고짜 들어가면 킬 각을 보기 힘들 텐데요!"

"실명 상태일 텐데 베놈 선수가 정확하게 뒤쪽으로 빠져나가죠! 어떻게 되나요?"

"브레이커 선수가 계속해서 추격합니다!"

적당히 하고 빠져나가는 그림을 예상했는데 포탑이 있음에도 불구하고 브레이커는 계속 진격했다.

마침 포탑 사거리 안에 들어온 상태.

베놈의 제넨이 실명에서 깨어났다.

"아아! 베놈 선수 실명이 풀리자마자 기회라는 것을 포착하고 점화, 탈진을 모두 쏟아 붓습니다!"

"스펠이 사용되니까 브레이커 선수 바로 빠져나갑니다."

"아아! 아슬아슬한 체력으로 돌아가네요. 제넨의 추격기가 없어요. 이미 도망칠 때 이동속도 버프를 사용했죠."

"반면에 매 조련사의 이동기는 재사용대기시간이 지났습니다. 전투병에게 사용해서 유유히 빠져나가네요."

짧은 교전 끝에 서로의 스펠을 교환하는 것으로 상황이 정리 되었다.

이것을 두고 해설진들이 입을 같이 했다.

"이건 노골적으로 브레이커 선수가 스펠을 뺀 겁니다."

"그렇죠. 다음 타이밍을 보겠다는 겁니다. 보시죠."

"아아, 바로 라인을 밀자마자 6레벨이 되는군요. 궁극기를 배우자마자 본진으로 귀환합니다."

"스펠을 먼저 쏟아 부으면서 선공을 날렸죠? 이 과정에서 베놈 선수가 당황해서 실수라도 했으면 궁극기 이전 타이밍에 킬 포인트를 노렸을 겁니다."

"그렇죠. 지금처럼 침착하게 대응한다고 해도 스펠을 교환하는 것으로 더 위력적인 궁극기를 지닌 제넨이 강해지기 직전 타이밍을 노린 겁니다."

"이제부터 브레이커 선수의 운영이 중요하겠는데요?"

말이 끝나기가 무섭게 브레이커의 매 조련사가 본진에서 아이템 구매를 마치고 궁극기를 사용해 매를 탄 채로 빠르게 이동했다.

베놈의 제넨은 라인을 한 번 더 밀어야 손해를 보지 않는 상황이었지만, 매 조련사의 기동력을 의식한 듯 라인 손해를 감수한 채 현상유지를 목표로 빠르게 귀환해 아이템 구매를 마치고 복귀하고 있었다.

비슷한 타이밍에 출발은 했으나 기동력에서 제넨은 상대가 되지 않았다.

결국, 먼저 라인에 도착한 브레이커의 매 조련사가 라인을 푸시했다.

궁극기 상태에서 다시 인간 형태로 돌아올 때 광역 공격을 할 수 있다는 점을 이용해 전투병에게 골고루 대미지를 넣더니 실명 스킬까지 활용해 라인을 확실하게 밀어 넣었다.

그렇게 매 조련사가 라인을 클리어하고 나서야 제넨은 라인으로 복귀할 수 있었다.

이 때부터 차이가 벌어지기 시작했다.

서로 오란의 검을 두 개씩 더 구매해왔기에 전투력에서 큰 차이가 벌어지지는 않았지만 라인을 먼저 밀어 넣었다는 점에서 주도권을 쥔 브레이커는 그것을 제대로 활용했다.

“아아! 매 조련사를 방해할 전투병이 없으니 베놈 선수의 제넨이 운신할 공간이 좁아졌습니다.”

“포탑 때문에 놓치는 CS가 속속 발생하고 있기도 합니다.”

“브레이커 선수! 한 번의 빠른 귀환과 스펠 교환으로 변수는 차단한 채 이득을 확실히 굴려 나갑니다.”

“견제기를 맞추기도 수월해졌죠? CS 격차도 소소하게 벌어지기 시작했고요. 라인을 밀어 넣으니 포탑 체력 면에서도 이득을 보고 있습니다.”

종합하자면 모든 승리 요건을 브레이커가 앞서 나가고 있다는 뜻이었다.

베놈의 제넨은 견제기를 피하면서 CS도 놓치지 않기 위해 집중하느라 함께 견제할 여력까지는 없어 보였다.

그런데 이상한 기류가 흘렀다.

어려운 상황에 빠진 이 때에도 화면에 잡힌 베놈의 얼굴은 평온했고 눈빛은 뜨거웠다.

마치 먹이를 노리는 맹수와 같은 눈빛이었다.

“아아! 잠시만요. 이거 잘 생각해보면 오히려 베놈 선수에게 기회가 될 수도 있겠는데요?"

"예? 모든 승리 조건의 부분에서 열세에 몰렸는데요?"

"궁극기를 이미 들고 있는 상태인데 브레이커 선수의 매 조련사가 포탑을 압박하는 거리까지 나와 있죠? 한 번의 타이밍만 잘 잡아서 CC기를 넣을 수 있다면 바로 킬 포인트까지 노릴 수 있는 포지션입니다."

"아! 그렇군요!"

그 순간 모두가 베놈의 제넨이 노리고 있는 한 수를 깨달을 수 있었다.

이들이 모두 눈치를 챘으니 베놈이 그것을 노리지 않을 리 없었고 브레이커 역시 경계하지 않을 리 없었다.

그 한 번의 타이밍을 과연 어떻게 잡거나 넘길 것인가?

팬들이 지켜보는 가운데 두 선수의 치열한 심리전이 펼쳐졌다.

브레이커의 매 조련사는 마치 베놈의 제넨을 놀리듯 아슬아슬한 사거리 줄타기를 펼치며 라인을 밀고 포탑을 툭툭 건드렸다.

반대로 베놈의 제넨은 어떻게든 한 번의 타이밍을 잡기 위해서 파밍에 주력하며 거리 조절을 위해 끊임없이 움직였다.

치열한 타이밍 싸움을 펼치는 두 선수 사이에 짙은 긴장감이 흘렀다.

먼저 움직인 것은 브레이커였다.

"브레이커 선수! 이번에는 스킬을 전부 쏟아 붓고 라인을 더 빠르게 밀어 넣습니다."

"포탑 공략이 더 빠르겠다는 판단인가요?"

"엇? 잠시만요?"

팽팽한 긴장감 끝에 내린 브레이커의 결론.

본진 귀환.

브레이커는 라인을 빠르게 정리한 다음 홀연하게 뒤로 쭉 빠져 본진으로 귀환했다.

그리고는 다시 한 번 라인에서 벌어들인 골드를 소비해 오란의 검 아이템을 구매했다.

이어지는 라인 복귀.

"아아! 궁극기를 활용해서 빠르게 복귀합니다!"

"이렇게 되면 베놈 선수 귀환 타이밍을 전혀 잡을 수가 없는데요?"

"라인을 포기하고 귀환 타이밍을 맞추기에는 이미 CS 격차가 유의미하게 벌어지고 있었거든요."

"의표를 찌르는 브레이커 선수의 운영!"

모두가 눈을 의심했다.

매 조련사의 강점을 이용한 것으로 매우 영리하다고 평가할 수 있는 운영이었다.

분명히 아이템 격차가 벌어지기 시작하면 훨씬 유리하게

게임을 이끌 수 있었다.

그러나 이건 브레이커의 방식이 아니었다.

브레이커라 하면 그 어떤 상황에서도 적을 압도적인 피지컬로 찍어 누르던 로크의 신이 아니던가?

오히려 이런 플레이는 베놈에게 어울리는 방식이었다.

"도대체 이 두 명의 선수는 어디까지 발전할 수 있는 건지 궁금해집니다!"

"베놈 선수가 전략과 운영적인 능력에서만 특화되어 있다는 착각을 이번 올스타전을 통해 확실하게 부숴 주었죠? 구치, 부치 형제를 물리치면서 압도적인 피지컬 능력을 보여줬고 몇 차례 브레이커 선수와의 교전에서 대등한 능력을 발휘했단 말입니다?"

"그렇습니다. 그런데 이제 완전체의 피지컬 괴물인 줄로만 알았던 브레이커 선수가 두뇌 플레이를 보여주면서 운영, 전략적 능력까지 보여주고 있습니다."

"사실 대한민국의 로크 챔피언스 리그를 보지 않으신 팬분들은 이 두 선수의 라이벌 관계에 대해 제대로 공감하지 못하실 수 있습니다만, 이번 시즌 시작부터 확실한 대립 구도를 보여준 두 선수고요. 이제는 서로를 라이벌로 삼아 함께 성장하고 있습니다. 무서운 나라입니다. 대한민국!"

미국 현지에서 벌어지는 올스타전인 만큼 북미 지역 로크 챔피언스 리그를 해설하는 해설진들은 이 상황을 중계하며 사뭇 부럽다는 투를 지울 수 없었다.

북미의 브레이커라는 비헉슨을 포함해 모든 북미 대표 선수들이 개인전에서 탈락한 것은 물론이고, 단체전에서도 대한민국 대표만큼의 임팩트를 보이지 못하고 있음이 누가 보더라도 극명하게 드러나는 시즌이었다.

어쨌거나 이런 해설진의 외침이 있는 와중에도 경기는 계속되었고, 귀환 타이밍을 잃은 베놈의 제넨이 브레이커의 매 조련사에게 끌려 다니는 형국이었다.

어느덧 포탑 체력은 절반 밖에 남지 않은 상황.

곧 두 선수의 스펠이 다시 돌아올 타이밍이었다.

"다시 한 번 베놈 선수 진형의 포탑 근처에서의 대치 상황이죠."

"이대로 무난하게 흘러간다면 분명히 포탑 파괴로 먼저 게임이 끝날 겁니다."

"베놈 선수는 지금 아이템 격차의 열세 속에서 CS 손해를 감수하더라도 귀환 타이밍을 노리고 있을 겁니다. 아이템 구매를 마치고 돌아와 스펠이 도는 타이밍에 킬 포인트를 노리는 수밖에 남아 있지 않아요."

곧 결착이 날 것만 같은 상황.

해설진의 예상처럼 베놈의 제논이 CS 손해를 감수한 채 포탑 뒤편으로 홀연히 사라졌다.

어차피 킬 포인트 이외에 다른 조건으로 승리하기는

하늘에 별 따기가 되어 버린 상황이기에 적절한 선택이었다.

이미 라인을 푸시하고 있던 브레이커의 매 조련사도 손해 볼 것이 없기에 귀환을 선택했다.

첫 귀환이었던 베놈의 제넨이 오란의 검을 두 개나 구매했지만 브레이커의 매 조련사가 다시 한 개의 아이템을 추가하면서 여전히 아이템 격차는 벌어진 채였다.

놓친 CS들이 보여주는 차이였다.

먼저 귀환한 베놈의 제넨, 기동력이 우수한 브레이커의 매 조련사.

두 챔피언이 거의 같은 타이밍에 라인에 복귀했고 마주친 두 챔피언은 곧바로 혈전을 시작했다.

"선공권은 브레이커 선수가 쥐고 있습니다!"

"마주치자마자 접근하죠! 맞붙습니다!"

"브레이커 선수의 스펠이 먼저 돌았습니다! 점화! 탈진! 이어서 스킬 콤보!"

"베놈 선수의 제넨도 이번에는 도망치지 않습니다! 오란의 검을 이용한 AD 트리인데요! 궁극기 활성화!"

"매 조련사 스턴과 동시에 실명 스킬까지 들어갑니다!"

"기본 공격을 주고받는 두 선수!"

"확실히 스펠이 없는 제넨의 체력이 급격하게 빠져나갑니다!"

"이제 곧 돌아올 텐데요!"

"실쿨이에요! 실쿨!"

아슬아슬한 타이밍에 기적적으로 다시 스턴 스텍 세 개를 터뜨리는 베놈의 제넨!

곧바로 돌아온 스펠을 매 조련사에게 걸고 최후의 발악을 했다.

그러나.

"아! 아아아아! 매 조련사의 재주넘기 스킬이 다시 돌아와 거리를 벌렸습니다!"

"어어? 브레이커 선수 체력이 우위에 있지만 뒤로 빠집니다? 계속 거리를 벌립니다!"

"점화, 탈진을 또 빼 버렸죠. 제넨은 추격 실패! 남은 거라곤 아주 조금 남은 약간의 체력뿐입니다."

"스펠이 허무하게 날아갔습니다."

영리하게 모든 변수를 제거한 브레이커.

이제 남은 거라고는 자연스럽게 베놈의 제넨을 향해 다가가 마무리 짓는 일 뿐이었다.

"제넨이 할 수 있는 거라고는 이제 아무것도 없죠."

"예, 귀환을 해도 CS나 포탑 조건이 코앞이고요. 어떻게 잘 버텨서 라인에 복귀해도 이제 딜 교환은 성립이 안 됩니다. 궁극기에 스펠까지 전부 빠져버렸거든요."

"브레이커 선수 정말 무섭습니다! 극강의 피지컬을 운영적인 측면에 접목해서 활용하네요. 싸움을 걸어 적의 모든 무기를 뽑아내고 무위로 돌린 다음 돌아가 버리는 치밀한 전략이었어요!"

"그렇죠. 브레이커 선수 정도의 피지컬 능력이 되니까 가능한 운영이네요."

팬들도 경악했다.

말 그대로 운영은 운영이지만, 브레이커만이 가능한 극강의 피지컬을 요하는 운영이었고 전략이었다.

베놈도 완전히 이번 세트의 패배를 인정한 듯 도망치지 않고 빈약한 체력으로나마 당당하게 맞섰다.

결과는 불 보듯 뻔한 일이었다.

"GG!"

브레이커의 매 조련사가 손쉽게 빈사 상태의 제넨을 제압하고 2세트 승리를 따냈다.

이로써 세트 스코어 1:1 동점.

이제 두 선수의 개인전 우승을 두고 펼쳐지는 결승전의 마지막 세트 하나만 남아 있었다.

◆

세 번째 세트 역시 별도의 준비 시간 없이 바로 이어졌다.

어디까지나 올스타전 안의 또 다른 경쟁의 장이었기에 세트 수도 많지 않았고 사이에 광고도 많이 넣지 않았다.

그러나 베놈과 브레이커 두 선수가 선사하는 긴장감만큼은 그 어떤 결승전 무대에서도 쉽게 찾아볼 수 없을 정도로 크고 박진감 있었다.

두 선수는 과연 어떤 생각을 지니고 있을까?

그 생각의 끝에 결정하는 챔피언은 무엇이고 두 선수는 어떤 결착을 보여줄까?

끊임없는 궁금증에 팬들도 자리를 떠나지 않고 결전의 시간을 함께했다.

마지막 세트의 챔피언을 고르는 시간.

두 선수는 서로의 선택을 모른 채 자신이 가장 자신 있는 챔피언들을 차례로 올리기 시작했다.

환술사, 카샤딘, 제이드, 야소 등….

보기만 해도 박진감 넘치는 승부가 예상되는 챔피언들이었다.

특히나 미드라이너의 최고봉 브레이커와 그를 꺾고 한국에서 우승을 차지한 미드라이너 출신 올 라운더 포지션 베놈의 승부였기에 미드라인을 주로 가는 챔피언들의 초상화가 주를 이루고 있었다.

해설진도 이번 세트까지 온 것에 흥분을 숨기지 못했다.

"이거 정말 재미있는 승부가 될 것 같습니다!"

"그렇죠. 비유를 하자면 두 선수는 각기 다른 분야의 최고 재능을 지니고 서로의 재능을 흡수하는 중이거든요?"

"어떤 말씀이신지요?"

"브레이커 선수가 S+급 피지컬 능력에 S급 운영 능력을 장착했다면 베놈 선수는 S+급 운영 능력에 S급 피지컬 능력을 장착한 셈이죠."

"말 그대로 백지장처럼 가벼운 한 끗 차이겠네요."

"같은 챔피언을 플레이 한다면 그렇게 느껴질 수 있겠습니다만 특성이 전혀 다른 챔피언을 플레이하게 된다면 그 한 끗 차이가 어마어마하게 큰 차이라는 걸 보실 수 있을 것만 같은 예감이 드는군요."

해설진까지 이토록 바람을 넣기 시작하니 팬들은 더욱 더 기대했다.

이대로라면 두 선수가 미러전을 펼치건 서로 다른 챔피언으로 독특한 전략으로 승부하건 혹은 강력한 챔피언으로 피지컬 정면 승부를 펼쳐도 재미있을 것만 같았다.

왠지 두 사람이 플레이를 한다면 지루한 것처럼 느껴졌던 파밍 싸움도 흥미진진할 것 같은 그런 기분.

그도 그럴 것이 이미 몇 차례나 파밍 싸움을 펼치면서도 치열한 신경전과 견제기 공방 등 다양한 볼거리를 선사했던 두 선수이기에 그려지는 당연한 기대감이었다.

그런 기대감 가운데 드디어 제한 시간이 끝나고 두 선수의 챔피언이 마지막에서야 결정되었다.

두 선수가 고른 챔피언을 본 팬들은 환호성을 지를 수밖에 없었다.

와아아아아아아아아아아아아아아아아아아아아아아아아-!

베놈 권진욱의 선택은 그의 분신과 같은 챔피언이었다.

공식전에서 꺼낼 기회가 많지는 않았지만, 꺼낼 때마다 좋은 모습을 보여줬고 솔로 랭크 게임에서 즐겨 사용하던 그림자의 주인 제이드를 선택했다.

단연코 암살 능력으로는 최고라고 평가 받는 공격적인 챔피언이었다.

브레이커 이상현의 선택은?

팬들의 환호가 끊이지 않는 이유가 여기에 있었다.

베놈의 등장 이전 제이드라는 챔피언을 보면 팬들이 가장 먼저 떠올리는 선수는 당연하게도 브레이커였다.

그는 공식전 경기에서도 주류 픽으로 분류되는 챔피언은 물론이고 아무도 예상하지 못했던 챔피언을 꺼내는 경우도 종종 있었다.

이번 올스타전에서 보여준 내용만 보더라도 미드라인에서 올라크를 사용하며 좋은 모습을 보여주었듯 말이다.

그래서 나올 수 있었던 미드 이븐이나 이렐리안나, 루시앙과 같은 챔피언이 있었다.

제이드는 기본적으로 팀 게임에서 굉장히 활약하기 어려운 챔피언이었다.

한타 페이즈에서 거의 할 수 있는 역할이 없기 때문에 계속해서 암살을 시도해야 하고 잘못 물리면 쉽사리 죽어버리기 일쑤였다.

그렇기에 한 라인을 잡고 미는 스플릿 운영의 중심 챔피언으로만 간간이 활용되곤 했다.

하지만 이런 풍조도 브레이커 이상현의 등장 이후 많이 바뀌었다.

그는 한타에서도 어그로를 분산시키는 용도로 제이드를 잘 활용했고 작정하고 도망칠 수 없다는 한타 페이즈의 특징을 이용해 반드시 적 딜러 하나를 암살해내는 모습으로 제이드 플레이의 새로운 페러다임을 제시했다.

그리고 이윽고.

브레이커라는 로크의 신을 탄생시킨 명장면.

신인 시절 KTa 롤스터의 에이스 미드라이너 You와의 제이드 미러전에서 보여준 경이로운 장면이 있었다.

고작 3분의 1정도 체력밖에 남지 않은 브레이커의 제이드와 체력이 가득한 상태의 You 제이드.

마주친 두 제이드가 펼치는 화려한 난타전!

누가 보더라도 You의 제이드가 체력적으로 상당히 유리한 고지에 있었기에 브레이커의 패배를 예상했다.

그러나!

브레이커의 제이드는 신들린 듯한 움직임으로 적의 표창을 모조리 피하고 궁극기 표식마저 장식 띠 아이템으로 풀어버리더니 자신의 표창은 모조리 적중시키면서 킬을 가져왔다.

고작 3분의 1정도 남은 체력으로 체력이 가득한 제이드를 암살해버린 것이다.

그 때부터 제이드하면 브레이커가 되어버린 것이다.

그런 브레이커가 제이드를 선택했다.

베놈과 브레이커!

제이드와 제이드의 싸움!

그것이 올스타전 결승전 마지막 세트에서 벌어지는 것이다.

두 선수의 제이드 운영 방법은 같은 듯 다른 면이 많이 있었다.

브레이커는 공격적인 라인전과 스플릿 운영, 한타를 병행하는 타입의 만능형 선수라고 보자면 베놈은 라인전 보다는 로밍에 집중하여 킬 포인트를 쌓고 압도적인 성장으로 스플릿에 집중하는 운영 특화형 선수였다.

그러나 그것도 모두 지난 이야기.

이번 올스타전에서 성장한 두 선수의 제이드 미러전은 어떻게 펼쳐질 것인지 모두의 관심이 집중되었다.

♦

첫 번째 아이템 구매가 승부의 향방에 영향을 줄 거라 생각했다.

그래서 모두가 두 선수의 아이템 창을 뚫어져라 지켜보고 있었다.

“베놈 선수가 먼저 아이템을 구매합니다! 단검 아이템과 포션 세 개! 노멀하네요.”

“브레이커 선수 역시 단검 포션 세 개로 출발합니다.”

“아아, 역시 무난한 플레이로 상황에 맞춰 가겠다는 의지죠. 아이템 선택이 갈리지 않았습니다.”

“평범한 아이템이지만 두 선수가 고르니 평범하지 않아 보이네요.”

사실 둘 중 한 선수 정도는 천으로 만든 갑옷 아이템과 포션 다섯 개를 구매하지 않을까 예상한 이들이 많았다.

천으로 만든 갑옷은 이후 방어력의 신발 아이템으로 업그레이드도 가능했기 때문에 활용도가 있었다.

초반 라인전에서 포션 두 개의 차이는 유지력에서 큰 차이점을 보여주기 때문에 충분히 변수가 될 거라 생각했다.

하지만 두 선수는 정면승부를 선택했다.

라인전이 시작되고 치열한 움직임이 곧바로 이어졌다.

전투병이 도착하기도 전에 두 선수는 맹렬하게 표창을 던져대면서 서로를 견제했다.

역시나 일류 플레이어들의 라인전인가?

표창은 던지는 족족 위협적으로 날아갔으나 또 아슬아슬하게 피해내면서 적중하지 않았다.

전투병이 도착하고 이 치열한 소강상태는 계속 이어졌다.

그 때, 해설진에게 한 가지 정보가 들어왔다.

"아아, 두 선수가 대한민국 리그에서 제이드로 미러전을 펼쳤던 전적이 있네요."

"경기는 베놈 선수의 소속팀인 팀 데몬이 가져갔습니다만 라인전에서 굉장히 재미있는 장면이 나왔다고 합니다."

"그렇습니다. 궁극기 이후 교전에서 서로 적절한 딜 교환을 나누고 마지막에 서로의 궁극기 표식이 동시에 터지며 무승부를 이루었다고 하네요."

"아아, 그 때부터도 베놈 선수의 피지컬은 결코 몇 수 아래 정도가 아니었군요."

"그런 것 같네요. 사실 그 정도 실력 차이가 나 버렸다면 지금 S급의 피지컬로 성장도 무리였겠죠."

"어쨌거나 당시 기록으로는 베놈 선수의 표식이 살짝

먼저 터지면서 브레이커 선수로부터 선취점을 가져왔다고는 합니다만 무승부라고 봐야 옳겠죠?"

"오늘도 충분히 그런 모습이 나올 수 있습니다."

"이번 개인전 룰을 적용하자면 먼저 표식을 터뜨리는 사람이 동시에 죽더라도 우승입니다!"

"0.1초의 차이로 승부가 날 수도 있겠군요."

해설진이 대화를 잇는 와중에도 두 선수는 표창을 던지고 피했으며 파밍을 멈추지 않았다.

치열한 소강상태.

어울리지 않는 단어지만 이보다 더 지금 상황을 잘 설명해줄 말이 없었다.

아무래도 이 소강상태가 깨지기 위해서는 갖은 변수를 만들어낼 수 있는 궁극기의 존재가 필요했다.

"치열한 파밍 싸움! 다음 웨이브 전투병 두 마리 경험치면 두 선수 모두 6레벨이 됩니다."

"네, 궁극기가 생긴다는 말이죠. 어떻게 활용될까요?"

말이 끝나기가 무섭게 두 선수에게 웨이브가 도착했고 빠르게 6레벨이 되었다.

이제 무언가 벌어질 것인가!

그러나 두 선수는 약속이라도 한 듯이 6레벨이 되고 궁극기를 배움과 동시에 라인 뒤로 쭉 빠져나갔다.

그리고는 본진으로의 귀환을 선택했다.

두 선수는 나란히 방어력 관통의 아이템을 구매하고 라인으로 복귀했다.

같은 챔피언으로 같은 골드를 수급해서 같은 아이템을 구매해 돌아오는 것이다.

스킬 포인트 투자도 똑같았고 룬과 특성까지 똑같아 모든 것이 평등한 상태였다.

정말 실력 차이로만 판가름이 날 것만 같은 완벽한 세팅이었다.

이 때부터 두 선수의 색깔이 드러나기 시작했다.

“브레이커 선수가 파밍과 견제를 동시에 하면서 공격적으로 나오네요.”

“반면에 베놈 선수는 수비적인 위치에서 라인을 다소 당기는 식으로 플레이 하는군요. 안정감에 기반을 둔 것 같습니다.”

팽팽하게 라인의 정중앙에서 교전을 펼치던 두 선수의 전선이 살짝 베놈의 진형으로 당겨졌다.

그러나 포탑 체력에 손해가 없는 선에서 멈춰 있었기에 그렇게까지 위협적인 포지션은 아니었다.

“아무래도 이렇게 되면 브레이커 선수가 먼저 라인을 밀기 때문에 레벨도 먼저 올릴 수 있게 됩니다.”

“그렇죠. 7레벨에서 8레벨로 넘어가는 단계가 분수령이에요. 공격력의 효율이 극대화되는 타이밍이거든요.”

"이거 베놈 선수가 전략을 잘못 잡은 것 같은데요?"

"네, 8레벨이 먼저 된 브레이커 선수의 공세를 어떻게 버텨 낼 지요."

그 답은 곧바로 확인할 수 있었다.

모두의 예상처럼 브레이커는 8레벨이 되자마자 효율성이 극대화된 공격력을 앞세워 공격적인 포지션을 잡아 베놈이 파밍하는 것을 방해했다.

갑작스럽게 공격적인 성향을 드러낸 덕분에 드디어 표창을 적중시켰다.

효율성이 좋은 공격력 상태와 방어력 관통 아이템의 조화로 거의 4분의 1에 달하는 체력이 뭉텅 날아갔다.

"아아! 맞았어요! 다음 표창 타이밍이 포인트입니다!"

"표창 쿨 타임이 오자마자 브레이커 선수는 달려들겠죠! 0.1초라도 먼저 암살하면 이기는 게임이니까요!"

다음 표창까지 3초.

과연 베놈은 눈치 채고 있을까?

브레이커에게는 길게만 느껴질 3초의 시간이 지나고 표창이 돌자마자 궁극기를 사용했다.

"아아! 표식을 남기기 위해 그림자가 된 브레이커의 제이드!"

"어어! 베놈 선수가! 잠시만요!"

변수는 그때서야 알아챌 수 있었다.

베놈이 브레이커의 제이드를 몸에 달고 포탑 방향으로 그림자 이동을 한 것이다.

"적에게 달라붙어 딸려 들어가는 모양새가 됐어요! 브레이커 선수 포탑의 영향권 안에 있습니다!"

이어지는 베놈의 스펠 연타와 궁극기 활용!

브레이커의 제이드는 허공으로 흩어진 베놈의 제이드에게 속절없이 두들겨 맞았고 더불어 포탑이 지원사격을 했다.

그 와중에도 브레이커는 다시금 공격을 적중시키고 침착하게 궁극기 사용 시 생성된 그림자로 돌아갔다.

하지만.

콰직!

브레이커의 제이드가 남긴 표식이 폭발했지만 베놈의 제이드는 여전히 살아 있었다.

그리고 곧바로.

콰직!

베놈의 제이드가 남긴 표식이 폭발하며 맵의 모든 오브젝트가 함께 폭발했다.

"아아아아아! GG!"

단 한 순간의 센스 플레이.

베놈이 로크의 신 브레이커를 잡아내는 순간이었다.

◆

밤새 쏟아지는 축하 문자와 메신저 메시지를 받느라 제대로 쉬지도 못했다.

로크의 상징 브레이커 이상현을 세계무대에서 1:1로 꺾어버렸다는 것이 이토록 엄청난 반응을 불러일으키는 사건이 될 줄이야.

예상은 했지만 반응은 그 예상을 훨씬 뛰어 넘었다.

나는 그저 세계 로크 팬들에게 나도 브레이커만큼 위력적인 경기력을 보일 수 있다는 걸 증명하고 싶었을 뿐이었다.

그러나 무대가 공교로웠다.

지금껏 세 번의 올스타전이 진행되는 동안에 브레이커는 개인전에서 한 번도 우승하지 못했다.

심지어 결승 무대도 올라가본 적이 없었다.

그러나 이번에는 달랐다.

작정하고 우승을 공언했고 이벤트 매치에 어울리는 재미있는 픽과 전략을 배제한 채 승리만을 위한 최선을 보여줬다.

그것을 내가 이겨내고 우승을 차지한 것이다.

애초에 노렸던 임팩트보다 훨씬 큰 효과가 나타났다.

각종 게임 관련 커뮤니티 사이트에는 결승전 영상이 도배되었고 댓글 창은 폭발할 지경이었다.

[대한민국은 도대체 어떻게 되어먹은 나라지?]

[브레이커를 압도할 수 있는 플레이어가 줄줄이 쏟아져 나오는 느낌이야.]

[그래도 역시 왕좌는 브레이커에게 어울렸어. 파도는 영구 정지 징계를 당했잖아? 베놈이라는 신인 괴물이 나타난 거고.]

[왜 북미나 유럽에서는 저런 선수들이 나오지 않는 거야?]

[이봐, 대한민국은 IT 강국이라고.]

[아! 들어본 기억이 있어. 그 나라는 초등학생들이 자유롭게 PC가 설치된 가게에서 모여 게임을 한다고 말이야. 유럽으로 치면 축구 유소년 시스템이 대한민국에는 게임 유소년 시스템처럼 되어있는 거지.]

[어쨌거나 결론은 브레이커가 베놈에게 압도당했다는 거야?]

[솔직하게 노림수에 걸려 패배했다면 변명의 여지가 없지.]

[브레이커도 잘 싸웠어. 아직도 내 마음 속의 신은 브레이커라고.]

그나마 공감할 수 있었던 초반 게시글의 댓글 화면.

이 정도만 되어도 뿌듯했다.

내 존재감을 충분히 과시했다는 증거였으니까.

그러나 시간이 지나 영상을 접한 세계의 로크 팬들이 늘어나면서 반응은 더욱 크게 타올랐다.

[두 선수 다 이번 무대에서 성장한 건 사실이지만 성장의 폭이 베놈 선수에게서 더 급격한 변화를 보인다. 앞으로 브레이커는 죽을힘을 다 하지 않으면 정말로 압도당할 듯.]

[개공감. 아직은 엇비슷하다고 볼 수 있지만 시간이 흐를수록 브레이커가 확실히 힘에 부치는 모습을 보여줄 것 같다.]

[올스타전 이벤트 매치가 메인 매치보다 훨씬 주목을 받은 경우가 몇 번이나 있었지?]

[그러게 ㅋㅋㅋㅋ 메인 매치가 제법 재미있는데도 베놈과 브레이커의 격돌. 그것도 브레이커의 개인전 첫 결승이라 그런지 주목도가 높네.]

[여러 이슈가 겹쳐진 효과인 듯. 세계무대에 처음 얼굴을 비추는 베놈이라는 선수가 그렇게까지 화려한 모습들을 보여줄 거라고 누가 예상했을까?]

[나는 알고 있다. 베놈의 가장 무서운 장점은 운영 능력도, 피지컬 능력도 아니다. 게임을 해석하는 능력이다.]

[윗님 무슨 개소리?]

[개소리 아닌 듯? 그라카스 콤보 활용 방법, 피이즈의

탱킹형 탑 라인 활용 같은 건 쉽게 생각할 수가 없지.]

[인정합니다. 이번 올스타전에서 베놈이라는 선수에게 관심이 생겨 대한민국 리그 VOD를 찾아 봤는데 보통의 선수가 아니에요. 사실 외국에서 지켜보는 우리는 잘 몰랐던 패치의 가속화도 어쩌면 이 선수가 원인일지도?]

[자세히 좀 설명해봐.]

[경기를 보세요. 경기를. 매번 패치가 진행될 때마다 전 세계에서 가장 먼저 최적화된 조합, 챔피언, 아이템 트리를 발견하는 건 늘 팀 데몬이었다는 것 정도만 말해두겠음.]

역시 보는 눈이 많아지니 다양한 해석과 날카로운 지적들이 나오는 현상이 벌어졌다.

게임 실력으로는 세계 최고의 나라지만 E스포츠를 즐기는 팬들의 수는 턱없이 부족한 작은 나라 대한민국.

그 안에서만 알려졌을 때 나는 이렇게까지 평가받지 못했다.

그리고 내게 벌어진 특별한 일로 인해 생긴 게임 해석 능력이 부각되는 일도 크게 없었다.

하지만 세계인이 지켜보게 되니 이렇게나 빠르게 핵심을 짚어내기 시작한 것이다.

그리고 저 댓글이 발단이었다.

[댓글 보다가 의심스러워 대한민국 로크 챔피언스 리그를 찾아보게 됨. 베놈 그는 진짜다.]

[왓 더 퍽킹 게이머! 소나무 훨씬 이전부터 그러니까…. 나탈리 미드라인 전성시대부터 대한민국의 모든 메타를 선도해왔다고?]

[결과적으로 대한민국에서 시작된 메타가 최적화되었다는 걸 알기에 전 세계에서 사용되었지. 로크 그 자체다.]

[지금까지 세계 로크 팬들은 시발점도 모른 채 로크를 흉내만 낸 거다. 한 시즌의 메타 전부를 선도하는 일이 가당키나 한가? 게다가 이례적으로 잦은 패치가 이루어진 패치 가속화의 시기에?]

[더 무서운 점은 그가 선도해 온 메타들이 소실되지 않고 있다는 거야. 굳이 찾아보자면 미드라인의 핵창 나탈리가 리뉴얼되어 정글로 옮겨갔다는 것 정도.]

[뭐라고? 그럼 내가 제일 좋아하던 라인 스왑 메타도 저 녀석 작품이었던 거야?]

[님, 라인 스왑 메타를 좋아함? 변태 성향이 강하군.]

[그러게 ㅋㅋㅋㅋㅋㅋ 수면제 메타였잖아.]

[랜턴 정글러와 나탈리 정글의 공존을 만들어낸 장본인이었군. 내 경험상 이런 정글 메타는 항상 하나의 메타가 막을 내려야 새롭게 열리기 마련이야. 어쩐지 이상하다 생각을 했었어. 이제야 모든 미스터리가 풀리는데?]

[경기 다 보고 왔다. 로크 그 자체 동의한다.]

[애초에 메타를 선도할 정도의 선수였다면 세계최고라고 말할 수 있지.]

[그래, 솔직히 브레이커는 메타를 선도하는 선수는 아니잖아. 오히려 메타와 어울리지 않는 선수지.]

[브레이커는 여전히 로크의 신이야. 하지만 로크 그 자체가 나타났지.]

[따지고 보면 신이 빚은 피조물이잖아? ㅋㅋㅋㅋㅋㅋㅋ]

[우열을 다투기가 애매하다는 말이지. 애초에 몇 년째 최고의 자리를 지켜왔던 브레이커고 상대는 이제 막 데뷔한 신인이니까. 시간이 지날수록….]

[오래 지날 것도 없어. 다음 로크 월드컵에서 결판난다.]

[그래, 다음 로크 월드컵! 기대된다.]

[큰일이군. 이번 시즌에는 대한민국 리그까지 챙겨봐야 하는 건가? 안 볼 수가 없잖아!]

[새로운 절대자의 등장이군. 베놈 확실히 기억했다.]

팬들은 그 짧은 시간 동안 대한민국의 로크 챔피언스 리그 경기를 찾아보면서 나의 과거 업적들을 들춰댔다.

확실하게 세계인에게 각인되어버린 것이다.

그리고 그들은 내게 또 새로운 목표를 제시해 주었다.

곧 다가올 세계 로크 팬들의 축제!

로크 월드 챔피언십.

그곳에서 우승컵을 들어 올리면 진정한 승자로 인정받을 수 있는 것이다.

나는 이번 무대에서 확실하게 스스로 성장하고 있다는 것을 느꼈다.

남은 시즌과 세계무대에서 그 끝이 어디까지 올라갈 수 있을지 한 번 올라가 보기로 했다.

♦

올스타전 일정의 마지막 날 아침이 밝고.

볼거리가 더 있을까 싶은 순간 모두의 눈에 띈 대진표가 있었다.

이번 올스타전에서 가장 많은 주목도를 이끈 선수들을 뽑으라고 하면 당연히 이름이 올라올 네 명의 선수가 있었다.

개인전 4강으로 올라왔던 이들.

베놈, 브레이커와 구치, 부치 형제!

정규 매치의 마지막 날 대진표가 이들의 격돌이었다.

모두가 사랑해마지않는 브레이커와 스스로의 존재감을 증명해낸 개인전 우승자 베놈이 한 팀이 되어 드라마틱한 스토리를 만들어냈던 구치, 부치 형제를 맞이한다.

이보다 현재 상황에서 더 흥미로운 매치가 있을까?

아마 없을 테지만 흥미가 생길 수밖에 없는 이유 또한 더 존재했다.

각 팀의 국가 대항 경기 전적은 2전 2승.

대한민국 올스타와 와일드카드 올스타 두 팀 중 한 팀은 패배를 안고 팀의 서킷 포인트까지 헌납한 채 우승을 빼앗기고 집으로 돌아가야만 했다.

잔인하지만 일정의 흥망성쇠는 오롯하게 팬들의 반응에 따라 달려 있었다.

여타 이벤트 매치와 다른 국가들의 대항전은 그저 하드 유저들의 쉬어가는 타임 정도로 무난하게 지나갔다.

그리고 드디어 일정의 마지막 순서!

대한민국 올스타와 와일드카드 올스타의 경기만이 남아 있었다.

"자, 두 팀이 드디어 맞붙네요!"

"하룻밤 사이에 증명했죠? 이제는 완벽하게 세계적인 수준의 선수가 되어버린 베놈 선수와 여전히 세계 최고의 자리를 두고 경쟁하는 브레이커 선수가 오늘은 손을 잡겠습니다."

"그렇게 상대하는 선수들이 베놈 선수를 궁지로 살짝 밀어 넣었던 구치, 부치 형제죠. 이 선수들도 이번 세계무대에서 확실하게 얼굴도장을 찍었습니다."

"전승을 달리고 있는 두 대표들의 경기에요. 누군가 한 명은 뼈아픈 패배와 함께 팀 아이스, 팀 파이어 어느 한 곳에게 패배를 선사하고 돌아가게 됩니다."

"애석하네요. 운명의 짐을 짊어진 두 팀의 경기!"

해설진의 멘트가 다 끝나기도 전에 전 세계에서 시청률이 급상승하기 시작했다.

그만큼 이들의 경기력이 최고조에 달해 있다는 증거였다.

또한, 흥행의 주역들이 이 경기에 모두 투입되어 있다고 볼 수도 있는 일이었다.

"자, 대한민국 올스타 선수들이 경기석으로 입장합니다!"

해설진의 소개 멘트와 동시에 선수들이 무대 위로 모습을 드러냈다.

이 때부터 현장의 팬들이 엄청난 함성을 질러댔다.

브레이커! 브레이커! 브레이커! 브레이커! 브레이커!

베놈! 베놈! 베놈! 베놈! 베놈! 베놈! 베놈! 베놈! 베놈!

브레이커! 베놈! 브레이커! 베놈! 브레이커! 베놈! 브레이커! 베놈! 브레이커! 베놈!

불과 하루 반나절 전만 하더라도 팬들의 닉네임 연호는 브레이커만의 전유물과 같은 상징적인 의미였다.

그런데 이제 팬들이 모두 입을 모아 베놈의 닉네임을 연호하기도 했고 급기야 브레이커와 베놈이라는 닉네임을 번갈아 연호하면서 두 선수에 대한 팬심을 가감없이 드러냈다.

"정말 제가 온몸에 소름이 돋을 지경이네요. 팬들의 목소리를 잠시 들어보시죠!"

해설진도 그들이 팬들의 존경을 받는 이유를 알기에 충분히 만끽할 수 있는 시간을 제공했다.

팬들의 연호에 따라 브레이커 이상현과 베놈 권진욱이 손을 흔들어 화답했다.

장내가 어느 정도 진정되자 선수들이 경기석에 자리했다.

"자, 오늘 베놈 선수가 다시 한 번 탑 라이너로 출격하면서 브레이커 선수와 한 팀으로 호흡을 맞추게 됩니다."

"과연 어떤 모습을 보여줄지 너무나 기대가 됩니다."

"사실, 브레이커, 베놈 두 선수에 가려졌을 뿐이지 매드라이트 선수는 언제나 전 세계 팬들의 넘버원이었고 비글 선수는 ST왕조의 핵심 축이죠? 게다가 이번에 제대로 두각을 드러낸 정글러 미스터 큐 선수도 있지 않습니까? 이렇게 보니 정말로 막강하네요."

"이 막강한 전력을 상대할 와일드카드 지역의 올스타 선수들이 입장합니다!"

이번에는 와일드카드 지역 올스타 선수들이 무대 위로 모습을 드러냈다.

팬들의 닉네임 연호는 없었지만 이번 올스타전 이변의 핵심인 팀이었기에 팬들의 환호가 이어졌다.

와아아아아아아아아아아아아아아아아아아아!

그런데.

입장하는 와일드카드 지역 선수들 중 눈에 띄는 선수가 하나 있었다.

동남아지역 출신 선수들로 구성된 와일드카드 대표팀 가운데 이번 대회 첫 출전하는 올라운더 포지션의 선수.

검은 머리의 아시아인이 모두의 눈길을 끌었다.

♦

처음에는 눈치 채지 못했다.

그러나 조금이라도 로크 리그를 하드하게 즐겼다거나 오래된 팬이라면 그 검은 머리의 아시아인을 보는 순간 낯이 익었고 자세히 들여다보면 알 수 있었다.

베놈이 나타나기 전.

브레이커와 실력으로 대등하게 맞설 수 있다고 모든 팬들이 인정했던 한 사람.

[저기 지금 와일드카드 대표 식스맨 나오는 사람 어디서 많이 본 얼굴 아니야?]

[되게 낯이 익는 것 같은데?]

[닉네임이 뭐였지? 와일드 카드 식스맨?]

[네오맨. 네오맨이야 닉네임.]

[아! 기억났다. 저사람 예전 대한민국 리그에서 퇴출당했던 파도 아니야?]

[맞아! 파도다! 파도!]

[네오맨이라고?]

[잠깐, 파도는 영구 정지당했잖아? 1,000년 정지라고. 다시는 프로 무대에 등장할 수 없는데?]

[파도가 여기 나오면 안 되는 거 아니야?]

[해설진들은 모르는 건가? 관계자들은?]

[모를 리가 없잖아. 알면서 그냥 넘어가는 건가?]

[대리 게임을 했던 게이머라고! 납득할 수 없어.]

[이게 어떻게 된 일이지?]

최근, 선수 등장에 이토록 격렬한 반응이 일어난 것은

보기 힘든 일이었다.

파도라는 플레이어 자체가 가지고 있는 실력과 네임밸류의 파급력, 그리고 부정적인 행위에 대한 출전정지 처분이 어떻게 뒤집어진 건지에 관한 설명이 없었던 상황이 더해져 큰 임팩트를 만들어내고 있었다.

더구나 이번 올스타전 초반 선수들이 준비 기간을 가질 때 북미 서버에 등장해서 한바탕 이슈몰이를 했던 선수가 아닌가?

팬들의 격렬한 온라인 반응에도 불구하고 현장의 관계자나 해설진의 멘트나 진행 코멘트는 돌아오지 않았다.

피드백 없이 경기는 시작되었다.

♦

초반의 혼란스러움을 짓밟은 채 살며시 팬들의 머릿속을 잠식하는 기운!

팬들이 애초에 가지고 있던 경기에 대한 기대감이 결코 낮은 수준이 아니었다.

그러나 지금 네오맨이 등장하면서 그 기대감은 순식간에 한계치를 뚫고 솟구쳤다.

베놈, 미스터 큐, 브레이커 VS 네오맨, 구치, 부치 양 팀의 탑, 정글, 미드라이너가 이 대회 최고의 화제를 불러일으키는 인물들로 구성되어 있었다.

초신성 미스터 큐와 구치의 치열한 정글전쟁이 게임의 판도를 뒤흔들 거라는 예상이 지배적인 상황이라 두 선수의 게임 운영 싸움이 흥미진진했다.

브레이커 쪽의 상황은 조금 달랐다.

부치가 엄청난 활약을 보여주기는 했으나 임팩트 면에서 브레이커에게 비벼볼 정도는 아직 아니라는 것이 중론이었다.

그래서 이 싸움의 초점은 부치가 얼마나 브레이커에게서 잘 버텨낼 것이냐.

혹은 구치, 부치 형제의 합동 플레이가 어떤 변수를 만들어낼 것이냐에 집중되어 있었다.

그러나 가장 큰 관심을 받는 라인은 바로 탑 라인이었다.

예로부터 탑신병자라는 우스갯소리를 만들어낼 만큼 치열하고 처절하게 1:1 전투를 벌이는 라인이 바로 탑이었다.

이곳에서 신흥강자 베놈과 돌아온 탕아 파도의 첫 번째 혈투가 펼쳐지는 것이다.

모르는 사람은 몰라도 아는 사람은 이보다 흥미로운 대진이 또 없었다.

기대감이 들다 보니 자연스럽게 이들의 챔피언 선택에

이목이 집중되었다.

“아무래도 양 팀이 소속된 팀 파이어와 팀 아이스의 우승 향방이 달린 경기라서 이벤트 매치에 어울리는 챔피언들 보다는 진지한 게임이 될 것 같은데요?”

“그렇습니다. 팬들의 기대감이 높은 경기일수록 선수들은 더욱 승리를 원하게 됩니다.”

“그렇다면 팬들에게 실망감을 주지 않기 위해 더욱 진지하게 게임에 임하겠죠. 서로 주력 픽을 가져간다고 볼 때 어느 팀이 유리하게 게임을 이끌어 갈까요?”

“확실한 건 미드라인 상성은 아마도 브레이커 선수가 우위라는 점이죠. 신드리아, 오리안나와 같은 원거리 견제형, 파밍형 누커가 부치 선수의 주력 카드인데 이런 챔피언을 잡아먹는 귀신이 바로 브레이커 선수거든요.”

해설진의 말이 끝나기가 무섭게 양 팀의 초반 픽이 결정되었고 그 안에 미드라인 대진으로 보이는 챔피언이 있었다.

“아아! 부치 선수는 신드리아를 가져갔네요. 예상했겠죠?”

“예, 주력 중의 주력 픽이었으니까요. 곧바로 나온 챔피언이 바로 피이즈에요. 6레벨 이전 타이밍만 버텨 내면 신드리아는 절대로 피이즈를 이길 수가 없게 됩니다.”

“가장 강력한 대미지 딜링 기술인 신드리아의 궁극기가

피이즈의 재간둥이 스킬 한 번에 모두 무효화 될 수 있어요."

이외에 결정된 양 팀의 바텀 듀오.

대한민국 올스타 팀이 루시앙, 트레쉬로 라인전에 강력한 조합을 가져갔고 와일드카드 올스타 팀이 케이틀리나, 식물인간으로 원거리 견제가 가능한 맞상대 조합을 들고 나왔다.

남은 것은 양 팀의 탑과 정글.

특히 탑은 베놈과 네오맨의 대결로 탱커 싸움이 될지, 캐리력 싸움이 될지 감을 잡기 어려운 상태였다.

[만약 저 네오맨이 진짜 과거의 파도라면 나는 두 사람이 캐리력 싸움으로 승부를 냈으면 좋겠다.]

[맞아. 지금 메타가 캐리력 탑솔러에 어울리기도 하고 브레이커를 꺾은 새로운 황제가 돌아온 탕아를 상대로는 어떤 모습을 보여줄 수 있을지 너무 궁금해.]

[그런데 캐리력이라고 해봐야 아직도 파이어 럼블, 제넨의 시대인 걸?]

[베놈이 왜 로크 그 자체가 되었는지 잊었음?]

[파도는 챔피언 폭이 굉장히 좁기로 유명한데 벌써 몇 년째 전 세계 솔랭을 돌면서 유배생활을 했으니 솔랭 특화형 전사가 되어 있겠지?]

[ㅋㅋㅋㅋㅋㅋㅋㅋㅋㅋㅋㅋㅋㅋㅋㅋㅋ 솔랭 특화형 전사]

[이번 올 라운더 포지션으로 전향한 이유도 그것 때문일 거야. 그리고 난 아직도 그가 왜 선수로 나왔는지 이유를 모르겠어.]

먼저 조합이 완성된 곳은 바로 와일드카드 올스타였다.

"구치 선수 자신 있게 수도승을 꺼내 들었습니다. 협곡을 휘젓고 다니기에는 제격인 챔피언이죠."

"네오맨 선수는 나무요정을 선택했네요. 역시 소나무 메타의 대세를 따르는 것 같아요."

"대한민국 올스타 미스터 큐 선수의 선택은 거미여왕입니다. 이제 한 자리 남았죠?"

"피이즈가 이대로 탑으로 올라가고 미드에서 깜짝 카드가 나올 수도 있습니다. 바로 이번 대회에서 다른 선수도 아닌 베놈 선수가 선보인 카드거든요. 탑 피이즈 말입니다."

"소나무 메타의 중심에서 카우스타가 밴이 되었고 나무요정을 상대가 가져갔으니 충분히 가능성 있는 이야기입니다."

마지막 대한민국 올스타의 선택!

거미여왕, 피이즈, 루시앙, 트레쉬가 만든 조합의 마지막 퍼즐 조각은 바로.

“아아! 그라카스입니다!”

“잠시만요. 그라카스가 그럼 탑 라인으로 올라가는 거겠죠? 이미 미드라인에서 쓰긴 힘든 챔피언이 되었거든요?”

“아마도 그럴 것 같습니다. 무난한 탱킹형 챔피언으로 기용하면서…. 어어!”

해설진의 모든 예상이 빗나가버렸다.

탑 라인으로 올라가는 것은 그라카스도 아니었고 그렇다고 피이즈도 아니었다.

전혀 예상하지 못했던 챔피언.

정글로 갈 것만 같았던 거미여왕이 유유히 탑 라인으로 스왑 되었고 그라카스가 정글로 향하는 그림이었다.

이로서 탑 라인 대진은 거미여왕과 나무요정의 싸움이 된 것이다.

팬들은 열광했다.

“이야! 이건 정말 예상도 못했습니다.”

“탑 라인 거미여왕의 과거 위명을 잘 아는 팬들이라면 좋아할 수밖에 없는 선택이죠!”

“그렇습니다. 지금은 견제 스킬에 대한 마나 소비량 너프로 인해 잘 사용하지 않습니다만, 불과 작년 시즌만 하더라도 탑 라인에서 패왕으로 불리던 거미여왕이 아닙니까?”

“지금도 몇몇 하드캐리가 가능한 챔피언을 대상으로는 힘들지 모릅니다만, 비교적 단순한 스킬 구성의 단단함으로 승부하는 나무요정을 상대로 라인전에서 과거의 강력함을 그대로 보여줄 수 있습니다."

"거미여왕의 무서운 점은 그 어떤 챔피언이라도 아이템이 잘 나와 있을 경우 1:1에서 걸리는 순간 삭제시켜버릴 수 있다는 무서움 때문인데요."

"예, 나무요정이 아무리 잘 커도 결국에는 퍼센트 대미지 딜링 스킬이 있는 거미여왕이 대치 상황에서 훨씬 유리한 상태로 게임이 진행될 겁니다."

"그럼 경기가 어떻게 흘러갈지 모두 한 번 지켜보시죠! 이번 올스타전 마지막 정규매치! 대한민국 올스타와 와일드카드 올스타의 경기를 시작합니다!"

경기가 시작되자마자 양 팀의 선수들이 빠르게 움직였다.

서로 승리가 절실한 상황이었으니 초반부터 시야 장악을 통한 정보전이 필수적인 상태였다.

양 팀이 노리는 곳은 서로의 바텀 방향 정글이었다.

"어! 노리는 방향은 같습니다만 진격하는 루트가 완전히 다릅니다! 살짝 꼬이겠는데요?"

"엇갈렸습니다. 초반 상황에 거의 모든 게 달려있습니다."

와일드카드 올스타 선수들이 한 곳에 똘똘 뭉쳐 상단 입구로 진입했고 대한민국 올스타 선수들은 나란히 줄을 지어

하단 입구로 빠져나갔다.

양 팀 선수들은 서로의 시야 밖에서 움직이며 자연스럽게 적군의 정글로 진입했다.

"서로 지금 어디 있는지 모르는 상태거든요?"

"양 팀 선수들의 퇴로가 어떻게 선택되는지 지켜봐야 합니다. 이미 진영이 뒤바뀐 상황이라서 일단 마주치면 끝장 승부를 봐야 할 확률이 커요!"

"이거 말이죠. 선수들 1레벨 스킬 선택도 굉장히 중요해지는 순간입니다."

"맞습니다. 그래서 지금 대부분의 선수들이 스킬 포인트를 투자하지 않고 상황을 지켜보고 있죠."

다섯 명의 선수가 지정된 요점에 정확하게 와드를 설치하고 적 정글지역 시야 장악을 마친 후 다시 아군의 진영으로 복귀하는 그림이었다.

해설진의 말처럼 양 팀의 동선이 겹치는 순간 1레벨 인베이드 승부가 벌어지게 되는 상황이었다.

"아! 이 무슨 운명의 장난입니까!"

"양 팀 모두 상단 입구로 움직입니다!"

"마주칩니다! 이건 100% 마주칩니다! 양 팀 어떤 스킬로 어떤 플레이를 보여줄까요!"

공교롭게도 동선이 겹친 두 팀.

마주치기 직전 만일의 사태에 대비해 가장 단단한 챔피

언이 앞장을 선 채로 동선을 유지했다.

대한민국 올스타의 선두는 그라카스, 와일드카드 올스타의 선두에는 나무요정이었다.

이윽고 양 팀이 마주치는 순간!

"부딪칩니다!"

"시야에 적이 보이자마자 스킬들이 찍히고 있습니다!"

"케이틀리나는 1레벨 스킬로 덫을 찍었습니다! 바로 설치하죠! 효과적입니다! 5:5 한타 상황이거든요! 동선 제약이 생기면 이보다 까다로울 수가 없어요!"

혼전이 벌어졌다.

나무요정이 곧바로 뒤틀린 전진 스킬을 이용해 적진으로 파고들었고 트레쉬가 앞으로 전진해 적들을 밀어냈다.

루시앙과 케이틀리나는 후방에서 지속적인 딜을 넣었으며 피이즈는 루시앙과 함께 들어온 나무요정을 공격, 신드리아도 원거리에서 지속 대미지를 담당했다.

서로 방패가 되어주던 나무요정과 그라카스가 빈사 상태가 되고 양 팀 스펠이 정신없이 빠져나가는 순간!

타이밍을 지켜보던 베놈의 거미여왕이 계속해서 갈등하며 아끼고 있던 스킬 포인트를 투자했다.

27장. 세계의 눈도장

프로게이머

PROGAMER

프로게이머
PROGAMER

27장. 세계의 눈도장

마지막까지 스킬을 찍지 않고 기다렸던 것은 결정적인 기회를 잡아야 했기 때문이었다.

기본적으로 우리 팀에 포함된 피이즈는 후반에야 어떨지 몰라도 지금 타이밍의 인베이드 상황이라면 아무짝에도 쓸모가 없었다.

지속 딜도 안 되고 진입, 회피 그 무엇 하나 수월하게 해내지 못하는 타이밍이었다.

인베이드 승부에서 손해가 예상되다 보니 스킬을 허투루 찍어 라인전에서까지 손해가 겹쳐서는 안 된다는 생각이었다.

어설프게 고치 스킬을 찍었다가는 나무요정을 상대하면서도 라인전을 내 마음껏 주무를 수 없었다.

그런데 생각보다 매드라이트의 진입이 굉장히 좋았다.

과감하게 앞 점멸로 적진 한 가운데를 노리고 들어가 모든 적에게 사슬채찍 스킬을 맞추면서 한 차례 딜의 공백을 만들어낸 것이다.

순간적인 판단력이 빛을 발한 것은 매드라이트뿐만이 아니었다.

브레이커 역시 본인이 적의 후방을 어찌할 수 없다는 걸 알기에 비글의 루시앙과 함께 아군 진영에 동떨어지게 된 나무요정을 열심히 두들겨댔다.

이대로라면 나무요정과 그라카스를 교환할 수 있을 것 같은 상황.

그렇게만 된다면 적 팀에 탱킹 라인을 담당해줄 챔피언이 없었고 수도승을 제외하면 전부 뚜벅이 챔피언에 맷집도 굉장히 약한 챔피언만 남게 되는 상황이었다.

신드리아, 케이틀리나, 식물인간.

허약 트리오 중 하나만 더 잘라낼 수 있다면 게임 운영이 아주 수월해질 것 같았다.

"나 못 빠져! 죽는다 그냥!"

"만기형! 수도승 빼고 아무거나 하나만 물어봐요!"

"호응 잘 해!"

마치 원래 한 팀이었던 것처럼 자연스럽게 커뮤니케이션이 이루어졌다.

여러 스펠이 빠져나가는 상황에서 결국에는 그라카스와 나무요정이 동시에 쓰러졌다.

그리고 매드라이트의 재진입!

이번 목표는 모두가 아니었다.

허약 트리오 중 아무나 하나만 걸리면 되는 각이었다.

트레쉬의 사슬채찍이 부담 없이 돌아갔다.

아군 진영으로 딸려 들어오는 챔피언 하나!

운 좋게 대열에서 이탈한 챔피언은 바로 식물인간이었다.

영양가 없는 서포터였지만 그건 게임이 제대로 진행되어 중반에 접어들 무렵의 이야기였다.

지금처럼 게임이 시작되자마자 들어오는 300골드는 의미가 남달랐다.

나는 더 이상 고민할 필요가 없었다.

"고치 날린다! 무조건 잡아!"

라인전에서 전혀 쓸모없는 스킬.

거미여왕의 고치가 내 첫 번째 스킬이 되었다.

대열에서 이탈한 식물인간을 확실하게 잡아내기 위해서 선택할 수밖에 없었다.

고치가 적중하자마자 아군의 모든 포커싱이 식물인간에게 집중되었고 더 이상 살려낼 수 없다는 걸 자각한 와일드카드 올스타 선수들이 식물인간을 버리고 달아나기 시작했다.

현명한 판단이었다.

식물인간이 쓰러지고 숫자의 격차가 생기는 순간부터 절대 1레벨 싸움은 이길 수 없었다.

"나이스!"

"상현이 2킬 먹었다. 이거 무조건 이겼어!"

"집중하자, 집중. 이 경기 이기면 상금 들고 집에 갈 수 있으니까."

"화이팅."

선수들은 환호를 질러댔다.

1레벨 인베이드 교환에서 2:1로 이득을 본 채 정비할 수 있었다.

아쉽게도 선취점을 적에게 내주는 바람에 100골드의 추가 이득을 볼 수 있는 상황은 놓쳤지만, 그럼에도 손해 보지 않고 상황을 마무리한 것은 천만다행이었다.

어쩌면 게임이 쉽게 풀릴 것만 같은 기분.

브레이커 이상현은 초반 교전에서 무료 600골드를 획득했고, 고대 마법서 하나와 3개의 포션으로 교환한 다음 라인으로 향했다.

초반에 약한 피이즈의 단점이 모두 메워지는 순간이었다.

압도적인 공격력과 유지력으로 신드리아를 꼼짝도 못하게 할 생각이었다.

질 수 없지.

나도 비록 고치를 찍어 꽤 아쉬운 상황이었지만 그대로 나무요정을 상대로 지는 라인전은 아니었으니 마음 편하게 라인으로 복귀했다.

낯이 익은 한국 선수.

파도로 추정되는 네오맨과 라인에서 마주했다.

♦

게임의 양상은 모두의 예상을 빗겨 나갔다.

"수도승이 다시 한 번 미드라인을 찌릅니다!"

"압도적인 이득을 바탕으로 계속해서 부치 선수의 신드리아를 압박하던 브레이커 선수의 피이즈인데요! 확실하게 뒤를 잡혔습니다."

"아마 브레이커 선수도 이런 갱킹은 처음 당해볼 겁니다. 수도승이 다른 이득을 모두 내어주면서 집요하게 미드라인에 개입하니까요."

"그렇습니다. 보통 갱킹은 정글링과 병행되어야 하는데요. 수도승의 6레벨 강점을 이용해 궁극기 습득 이후 갱킹에 할애하는 비율이 압도적으로 높아졌어요."

"브레이커 선수! 점멸까지 사용하면서 겨우 빠져나갑니다!"

"이번에 겨우 살아남기는 했지만 다음 턴에는 점멸도 없다는 겁니다. 아아, 암울하죠?"

"반면에 미스터 큐 선수의 그라카스는 챔피언 외형만큼이나 어마어마하게 폭식 중입니다. 수도승이 정글링을 하지 않고 있으니까요."

"예, 자신의 정글 캠프와 적의 정글 캠프까지 모조리 흡수하면서 엄청난 성장을 보여주고는 있습니다만, 라인에 끼치는 영향력이 거의 전무하죠?"

"말씀드리는 순간 미드에서 유효 갱킹을 성공시킨 수도승이 탑 라인으로 올라갑니다."

초반에 완벽하게 손해를 떠안고 게임을 시작한 와일드카드 올스타 선수들은 예상과는 다르게 의외로 대범한 플레이를 펼치면서 게임의 양상을 뒤바꿨다.

특히나 흥미로운 점은 구치 선수의 수도승이 극단적인 갱킹형 플레이를 펼친다는 점이었다.

바텀 듀오는 완벽하게 받아먹는 플레이로 안정성을 가져가면서 미드와 탑을 번갈아 괴롭히며 대한민국 올스타 선수들이 원하는 방향으로 경기를 내어주지 않았다.

"베놈 선수! 고치를 던져보지만 나무요정의 뒤틀린 전진! 스킬을 무효화 시켰습니다!"

"수도승이 곧바로 진입합니다! 궁극기 각이 나오나요!"

"와드 방호! 아! 거미여왕이 순식간에 줄타기 스킬로 올라가 버립니다!"

"하지만 유일한 생존기죠? 나무요정과 수도승이 거미여왕이 내려오기를 기다립니다! 다이브라도 하겠다는 의지죠!"

"나무요정이 매우 단단한 타이밍이에요. 다이브 정도는 수월하게 가능할 겁니다."

"아아! 거미여왕 내려오자마자 당하지 않기 위해서 점멸을 사용하고 말죠! 이번에도 유효갱킹입니다!"

"더 따라서 들어가지는 않습니다! 어차피 다음 기회를 노리면 된다는 걸 정확하게 알고 있어요!"

"하지만 대한민국 올스타 선수들도 알고 있을 겁니다."

"예, 무조건 당해주지는 않겠죠. 이제부터 수도승의 동선이 파악당하지 않게 움직이는 것이 매우 중요해졌어요."

수도승이 갱킹에 완전히 집중하고 있다는 것은 당하고 있는 대한민국 올스타 선수들이 가장 잘 알고 있을 부분이었다.

그러니 쉽게 당해주지 않을 태세로 전 라인이 수비적인 성향을 보였다.

공격적인 챔피언을 들고 수비적인 플레이를 할 수 밖에 없는 상황.

이것 하나로 지금 대한민국 올스타가 처한 상황을 극명하게 보여주고 있었다.

그렇다고 공략이 아예 불가능한가?

와일드카드 올스타도 바보가 아니었다.

"어어! 미드라이너 부치 선수가 탑으로 로밍을 올라가면서 수도승이 미드라인에 얼굴을 보여줍니다."

"타이밍 상 신드리아는 본진 귀환을 간 것이고 수도승이 라인 커버를 온 느낌입니다. 완전히 타이밍을 꼬아버렸어요."

"아아! 부치 선수의 신드리아가 탑 라인으로 올라가 베놈 선수를 노립니다!"

"개인전 탈락의 고배를 마시게 했던 베놈 선수거든요!"

감쪽같은 전략으로 탑 라인 급습에 성공한 신드리아가 후방에서 거미여왕의 체력을 공략하기 시작했고 동시에 나무요정이 호응했다.

점멸도 없는 상태에서의 2:1 전투는 베놈에게 승산이 없었다.

뒤늦게 근처에서 정글링 중이던 미스터 큐의 그라카스가 올라와 보지만 말 그대로 뒤늦은 상황.

"아아! 베놈 선수 완벽하게 당해버렸습니다!"

"어떤 반격도 하지 못하고 그대로 신드리아의 막강한 화력에 녹아버렸습니다."

"이제 다음 목표는 당연히 피이즈겠죠?"

"허를 찌르는 로밍으로 갱킹을 대체하는 모습! 물 흐르듯 자연스러운 전략이었어요."

게임의 방향이 이상하게 흘러갈수록 팬들은 더욱 더 그라카스의 동선에 대한 불만 섞인 반응을 뿜어냈다.

♦

이상하리만치 게임은 어렵게만 기울고 있었다.

적의 정글러는 온 라인을 휘저으며 제 집 안방 드나들 듯 영향력을 행사했고, 새로운 오더의 영향인지는 알 수 없으나 이제껏 보여주지 않았던 유기적인 로밍과 합류 플레이를 보여주면서 계속 포인트를 쌓아 나갔다.

그러나 불리하게 기울어가는 상황 속에서도 우리 팀 분위기는 그다지 나쁜 편은 아니었다.

서로 누구의 탓도 하지 않았다.

애초에 정글링에 올인하는 수도승을 보면서 그라카스에게 성장을 요구한 것도 팀원들이었다.

"나 언제까지 사냥만 해야 해? 라인 계속 버틸 수 있겠어? 상황 기울면 안 되는 거 아니야?"

"2코어까지 그냥 편하게 뽑아."

"방금 막 나왔어!"

"와, 정글을 진짜 초토화 시켰구나?"

어느덧 성장이 궤도에 오른 상규가 더 이상 참지 못하고 팀원들에게 정글러의 본분을 이행할 수 있도록 해달라는 듯 앙탈을 부리기 시작했다.

다들 각자의 라인전에 집중하면서 최대한 버텨내는 플레이를 하다 보니 미처 신경 쓰지 못한 사이에 상규의 그라카스는 거의 라이너 급의 성장을 마친 상태였다.

매드라이트 홍만기가 상규에게 당부했다.

"지금까지는 그라카스의 성장을 위해서 다들 움츠렸어. 이제 다시 허리를 펴기 위해서는 성장한 그라카스의 힘이 제대로 발휘되어야 해."

"에이, 그 당연한 말을 지금 말이라고 해요?"

"자신 있어?"

매드라이트 홍만기의 걱정에 상규가 피식 웃음을 터뜨렸다.

이 순간이었나 보다.

본인의 진짜 실력을 유감없이 드러내야겠다고 마음먹은 바로 그 순간.

상규는 더 이상의 성장은 기울어가는 게임에 전혀 도움이 되지 않는다는 판단을 내리고 움직이기 시작했다.

"진욱아, 탑은 버린다. 나무요정 잡기에는 딜이 부족해."

"난 신경 쓰지 말고 마음껏 날뛰어 봐."

내가 말을 마치기도 전에 이미 상규는 바텀으로 움직이고 있었다.

누가 봐도 탑과 미드를 성공적으로 말리게 한 수도승이 바텀을 봐주는 턴이었다.

역갱인가?

아니.

장담컨대 상규 녀석이라면 겨우 역갱 정도로 만족할 녀석이 아니었다.

"우주최강 브레이커 씨. 킬 먹고 싶으면 바텀으로 오세요. 오늘 맛 집 개장했으니까."

오든지 말든지 알아서 하라는 듯 시크하게 한마디를 남기고 바텀으로 직진하는 상규.

적의 바텀 듀오와 수도승이 그라카스를 발견하고 대응하기 위해 움직였다.

한타가 벌어질 것 같은 분위기가 조성되자 나무요정이 저 뒤편에서 바텀 라인으로 순간이동 스펠을 사용했다.

"마음껏 싸워."

내가 움직일 차례였다.

1:1이라면 아직도 밀리지는 않는다.

이제 잡아내지 못하더라도 이 정도 방해는 아무 일도 아니었다.

나는 뚜벅뚜벅 걸어가 나무요정에게 고치를 사용해 텔레포트를 끊어버렸다.

그렇게 판이 깔리고 전투가 벌어지는 바텀 라인에 화면을 돌렸다.

옹기종기 모인 적 바텀 듀오와 정글러를 보면서 상규가 움직였다.

"이리 와, 이놈들! 감히 마지막 게임에서 정글을 휘젓고 다녀?"

망설임도 없이 들어가는 그라카스의 배치기!

"정글러 MVP는 내 거야!"

순간 배치기로 나아가던 그라카스가 술통을 던지면서 번쩍 앞으로 튀어나갔다.

아직 전수한 적 없는 배치기 궁극기 점멸 콤보!

단 한 번 내가 사용한 걸 보는 것만으로 습득한 콤보인 것이다.

상규가 쏘아올린 커다란 술통이 적의 뒤편에서 폭발했다.

화제가 되었던 바로 그 장면!

베놈이 1:1 경기에서 보여줬던 그라카스 궁극의 콤보였다.

점멸 반응도 못할 만큼 정교하지만 극악의 조작 난이도를 보이기에 피지컬 능력이 일정 이상이 되어야만 사용할 수 있는 그라카스 콤보!

배치기 이후 궁극기를 예측해서 던져두고 점멸을 사용하는 이 콤보가 물 흐르듯 자연스럽게 적중했다.

“아아아아! 그라카스 궁극기 콤보! 와일드카드 올스타 선수들 세 명이 동시에 딸려 나옵니다!”

“완전히 잡혔죠! 저 멀리서 내려오는 브레이커 선수의 피이즈! 나무요정의 텔레포트는 베놈 선수가 고치로 끊어버렸습니다!”

“뒤늦게 내려오는 신드리아! 하지만 이동기도 없고 기동성도 없어요! 최단거리로 내려오다가 피이즈를 만나면 바로 죽을 수밖에 없기에 먼 길을 되돌아와야만 하는 상황!”

이미 대한민국 올스타 진영으로 빨려 들어간 와일드카드 올스타의 바텀 듀오와 정글러 구치는 사형선고를 받은 것이나 다름없는 상황을 맞이했다.

“바텀 라인에 도착한 브레이커 선수의 피이즈가 도망치려는 와일드카드 올스타 선수들의 퇴로를 차단합니다!”

“사방에서 두들겨 맞는 형세가 되어버렸어요!”

신드리아 도착은 아직도 한참이나 남은 상황.

와일드카드 올스타 선수들에게 희망은 없었다.

“트리플 킬! 브레이커 선수의 피이즈가 트리플 킬을 기록합니다!”

"아아, 팀원들이 잔뜩 양념해둔 것을 본인이 모두 쓸어 담았네요. 인베이드 상황의 킬과 합치면 무려 5킬입니다. 아이템이 압도적으로 빠르게 완성되는 브레이커의 피이즈를 누가 막을 수 있죠?"

"무섭네요. 나무요정도 지금은 피이즈의 딜을 감당하지 못할 것 같은데요."

순식간에 3킬을 쓸어 담으며 다시 경기의 균형을 잡은 대한민국 올스타 팀은 거기서 멈추지 않았다.

"미스터 큐 선수의 그라카스! 엄청난 성장을 기반으로 본진으로 귀환하는 베놈 선수를 대신해 탑 라인 커버 플레이를 하는데요?"

"커버 플레이를 하는 건지 라인전을 하는 건지 잘 모르겠군요."

"엄청난 기세로 나무요정을 포탑 뒤까지 밀어 넣습니다!"

"어어! 거미여왕을 선택한 베놈 선수는 그 사이에 탑 라인 올라가는 길목에 있는 정글 캠프를 돌고 있어요."

"강타 스펠은 없지만 사실 이 정도 레벨이 되면 딱히 필요도 없죠. 거미여왕이 원래 정글링을 잘 하는 편이기도 하고요."

"베놈 선수의 거미여왕이 탑 라인으로 올라가는 듯 하더니 마치 정글러처럼 협곡을 경유해 미드라인 뒤를 잡습니다!"

"베놈 선수와 브레이커 선수의 합동 작전!"

"부치 선수의 신드리아 위기!"

"아아아! 거미여왕의 고치가 정확하게 적중합니다!"

"직접 당했던 플레이를 그대로 돌려주고 있어요! 베놈 선수가 부치 선수의 신드리아에 이 플레이를 당했었거든요?"

"거미여왕 멈추지 않습니다!"

"미드라인에서 킬 포인트를 만들어 내더니 그대로 바텀 라인까지 내려갑니다?"

"일단 타이밍 자체는 잘 나오는데요! 거미여왕이 미드라인 로밍을 하고 다시 바텀까지 내려오리라고는 생각 못하는 것 같습니다!"

거미여왕이 마치 정글러가 된 것처럼 라인을 휘젓기 시작했다.

기습적으로 들이닥친 바텀 라인에서 3:2 교전이 펼쳐졌고 당연하게도 적의 스펠을 모두 빼내며 원딜을 잡아내는 성과를 보였다.

그런데 바텀에서 상황이 벌어지면 자연스럽게 적의 정글러는 탑으로 움직이는 법.

나무요정과 1:1 대치 중이던 미스터 큐의 그라카스가 수도승에게 뒤를 잡히며 2:1 상황이 되었다.

그 순간 궁지에 몰린 그라카스와 적들 뒤편으로 한 줄기

푸른색 빛의 기둥이 생성되었다.

"순간이동! 바텀까지 먼 길을 떠났던 베놈 선수의 거미 여왕이 순간이동으로 돌아옵니다!"

"그라카스는 2:1로 그냥 싸우는 중인데요! 딜은 확실하게 나오지 않지만 탱킹력이 어마어마합니다! 잘 컸거든요!"

"수도승이 갱킹하는 내내 그라카스는 정글링으로 골드를 수급했고요! 무려 다섯 개의 어시스트에 기반한 자본으로 아이템을 잔뜩 구매해둔 상태!"

"오히려 그라카스 한 명에게 나무요정과 수도승이 당해내지 못하고 등을 돌립니다!"

"놓치지 않죠! 미스터 큐 선수!"

순식간에 반전된 상황.

텔레포트로 탑 라인에 도착한 베놈의 거미여왕과 미스터 큐의 그라카스가 도망치는 적을 향해 움직였다.

먼저 움직인 것은 미스터 큐의 그라카스!

"술통 폭발! 도망치던 수도승과 나무요정이 갈라집니다! 나무요정이 완전히 딸려 들어왔어요!"

"떨어지는 지점을 정확하게 계산한 베놈 선수의 고치가 적중합니다!"

"구치 선수의 수도승! 네오맨 선수의 나무요정을 버린 채 도망치기 바쁘네요! 도망쳐야죠!"

유기적인 플레이로 탑에서마저 킬 포인트를 가져온 대한민국 올스타!

그런데 승전보는 거기에서 끝이 아니었다.

[파란 팀이 적의 포탑을 파괴했습니다!]

이 급박한 상황 속에 홀로 덩그러니 남겨져 나무 깎는 노인의 정신으로 적의 포탑을 두들기던 브레이커의 피이즈가 신드리아의 부재를 틈타 포탑까지 철거하는데 성공했다.

거미여왕의 로밍 한 번과 잘 성장한 그라카스의 단단함이 만들어낸 성과는 어마어마했다.

"베놈 선수와 미스터 큐 선수가 약속한 듯 움직인 그 순간부터 이 모든 것이 초래된 겁니다."

"예, 거미여왕이 미드 로밍을 가면서 신드리아를 처치할 수 있었고요. 텔레포트 스펠의 영향으로 라인 복귀를 곧장 하지 않아도 된다는 이점을 살려서 바텀을 찌르는 예상 밖의 플레이를 펼칠 수 있었죠."

"그렇습니다. 바텀에서도 킬 포인트를 획득했고 위기인 것처럼 보인 그라카스의 지원을 위해 탑 라인으로 텔레포트를 활용해 다시 한 번 킬 포인트를 획득했어요."

"그 사이에 브레이커 선수는 미드라인을 밀어냈고요. 바텀 듀오는 상대 포탑의 체력을 절반이나 빼버렸네요."

이제는 자칫 기우는 것처럼 보였던 게임이 바로 서는가 싶더니 완벽하게 대한민국 올스타가 승기를 잡은 것처럼 보였다.

굳히기가 필요한 상황.

이 과정을 담당할 이들은 당연히 팀에서 가장 잘 큰 브레이커와 미스터 큐였다.

"브레이커 선수! 아이템을 갖출 만큼 갖추고 나니 재사용대기시간 세팅을 다 맞췄죠?"

"바로 바텀 라인 철거를 위해 내려갑니다. 본격적으로 스플릿 푸시를 하려는 것 같아요."

"예, 다른 인원들은 자연스럽게 탑을 정리하고 내려오는데요. 아무래도 한타가 안 될 것 같다는 걸 알기에 와일드카드 올스타 선수들이 바텀을 크게 포위하고 있습니다."

"탑 포탑을 내주고 피이즈를 잡아내겠다는 의도죠."

실시간으로 포위망이 좁아지는 것을 알아챈 브레이커가 팀원들에게 내린 오더는 아주 간략했다.

"탑 라인을 빠르게 정리한 대한민국 올스타 팀 선수들이 피이즈에게 지원을 가는 것이 아니라 대형 오브젝트인 크래셔 사냥을 시작합니다!"

"이쪽에 와일드카드 올스타 선수들의 시야가 하나도 없거든요!"

"크래셔를 가져가도 피이즈의 상승세가 한 번 끊기면 그다지 좋지 않을 텐데요?"

"말씀드리는 순간 피이즈는 도주를 결심한 듯 사방에서 좁혀오는 적진을 향해 전진합니다!"

"경로는 아군이 사냥 중인 탑 지역의 협곡이네요. 완전히 협곡을 가로지를 생각이에요."

잘 큰 그라카스는 충분히 탱킹이 되었고 거미여왕에 루시앙이 포함된 구성이라 크래셔를 사냥하는 속도도 굉장히 빠른 편이었다.

피이즈의 스킬 활용 여부에 따라 도주가 성공할 수도 있겠다는 생각이 들었다.

"협곡을 마크하던 나무요정과 피이즈가 마주칩니다!"

"나무요정은 아군이 빠르게 합류할 때까지 끈질기게 피이즈를 붙들고 있어야하는데요!"

브레이커의 피이즈는 나무요정을 앞에 두고 강행돌파를 시도했다.

다른 챔피언이었다면 순식간에 녹여버리고 유유히 사라졌겠지만 나무요정이라 가능할지 의문이었다.

"일단 1:1로 계속 싸우면 무조건 피이즈가 이깁니다만, 지금은 시간이 없어요. 쫓기는 상태거든요!"

"피이즈가 먼저 궁극기를 사용합니다! 미끼 뿌리기!"

"적중했어요! 나무요정은 궁극기를 피할 생각이 없어

보이는데요?"

잠시 후 나무요정의 발밑에 도사리고 있던 상어 한 마리가 튀어 오르는 타이밍!

"아아! 네오맨 선수! 나무요정의 스킬 뒤틀린 전진으로 궁극기를 무력화시킴과 동시에 피이즈의 발을 묶으려고 합니다!"

순간적이지만 아주 효과적이고 똑똑한 판단이었다.

피이즈의 발을 묶는 것과 궁극기를 무력화하는 양득을 일거에 취하는 결과!

그러나 피이즈를 조종하는 파일럿은 일반적인 선수가 아니었다.

"뒤틀린 전진으로 들어오는 나무요정을 향해 피이즈가 나아갑니다! 재간둥이 스킬!"

뒤틀린 전진과 마찬가지로 잠시 무적의 판정을 받을 수 있는 핵심 스킬 재간둥이로 거리를 벌림과 동시에 뒤틀린 전진의 스턴을 무력화하는 브레이커의 피이즈!

서로 최선의 판단을 보여준 두 사람의 짧은 대결은 이내 긴박한 추격전으로 변해 버렸다.

"거리를 벌림과 동시에 점멸을 사용하는 피이즈!"

"현명한 판단입니다! 지금 막 크래셔 사냥이 끝났습니다! 잡히지만 않으면 됩니다! 달립니다!"

"대한민국 올스타 선수들도 피이즈를 구출하기 위해

달리죠!"

"포위하던 와일드카드 올스타 선수들도 모두 합류했습니다!"

"벽 뒤에서 점멸로 넘어온 식물인간의 넝쿨 스킬!"

"피이즈 발이 묶여버립니다!"

"곧바로 장거리에서 케이틀리나의 궁극기 정조준!"

"피이즈 위험한데요!"

"옵니다! 신드리아가 옵니다! 피이즈가 먼저 잡힐 것 같아요!"

"지금 이런 상황에 피이즈가 잡히면 5:4 한타는 장담할 수 없는 대한민국 올스타 선수들입니다!"

일촉즉발의 상황!

위기에 몰린 피이즈를 구출하기 위한 대한민국 올스타 팀원들의 희생정신은 어마어마했다.

팟! 파팟! 팟! 팟!

"아아아아아아아!"

해설진도 해설보다 먼저 소리를 지를 수밖에 없는 상황.

대한민국 올스타 선수들이 협곡에 접어들어 지근거리 안에 피이즈가 보이자 주저하지 않고 모두 점멸을 이용해 몸으로 쏟아지는 적의 공격을 막아주었다.

그렇게 순식간에 벌어진 한타 상황.

양 팀 선수들의 스킬과 궁극기가 정신없이 오갔다.

"양 팀 핵심이 되는 딜러 챔피언을 끊으려는 노력이 끊임없이 오고 갑니다!"

"대한민국 올스타는 루시앙, 와일드카드 올스타는 케이틀리나와 신드리아! 이 챔피언들이 없으면 절대 한타를 이길 수가 없어요."

말이 끝나기 무섭게 맵 한 가운데를 크게 점령하는 원 하나가 생겨났다.

바로 거미 폼으로 변신한 거미여왕의 줄타기 스킬이 활용된 것이다.

"거미여왕이 적진의 후방으로 들어갑니다! 신드리아의 코앞에 착지했어요!"

"고치 적중! 신드리아가 묶였습니다!"

"멈춰 선 신드리아를 향해 거대한 술통이 날아갑니다!"

"술통폭발!"

꼼짝도 못하는 적의 후방을 노려 술통폭발 스킬을 이용해 끌고 들어오는 일련의 동작이 너무나도 자연스럽게 이어졌다.

그렇게 적진으로 던져진 신드리아의 운명은 불 보듯 뻔한 일이었다.

"살아남은 피이즈의 콤보가 들어갑니다! 반격도 하지

못하고 죽어버리는 신드리아!"

"한타 끝났어요! 도망가야죠!"

"대한민국 올스타 선수들 놓아주지 않습니다!"

신드리아가 쓰러진 직후 대한민국 올스타 선수들은 여세를 몰아 적을 일망타진하는 한타 대승의 결과를 낳았다.

이미 크래셔 버프까지 두른 상태로 밀려오는 전투병과 함께 전진하는 그들의 앞에 놓인 것은 지켜주는 이 아무도 없는 적진의 억제기와 넥서스였다.

♦

소속되었던 올스타 팀 파이어의 우승!

대한민국 올스타 팀 내셔널 MVP 수상!

대한민국 올스타 선수들 탑, 원딜 포지션을 제외한 정글, 미드, 서포터, 올 라운더 포지션 MVP 수상!

베놈 권진욱의 개인전 우승!

키모의 등장과 독버섯 펜타킬로 대회 명장면 상 수상!

이번 올스타전이 벌어지는 동안 가져올 수 있는 거의 모든 성과를 대한민국 올스타 팀이 휩쓸었다.

역대 어떤 세계무대에서도 이 정도로 압도적인 힘을 발휘한 국가는 없었다.

무엇보다 충격적인 사실은 이번 대회 동안에 대한민국 올스타 팀이 전승을 기록했다는 것이다.

전년도 로크 월드 챔피언십 대회에서 ST S 팀이 보여줬던 믿을 수 없는 전승 우승 이후 또 한 번 대한민국에서 압도적인 기량을 뽐낸 것이다.

지난 세계대회 이후 연달아 전승을 거둔 대한민국이라는 나라의 로크 리그 수준이 다시 한 번 입증된 대사건이었다.

이전에도 대한민국은 E스포츠의 종주국이라는 타이틀을 갖고 대부분의 게임 종목 세계 대회를 제패하는 게임 강국이었다.

그러나 완전무결한 불침의 영역은 아니라는 것이 세계 전문가들의 중론이었다.

대사건이 된 이유는 바로 이런 중론이 서서히 깨져가고 있다는 이유 때문이었다.

[전략시뮬레이션 게임 분야에서는 인정할 수밖에 없을 만큼 대단했던 대한민국이지만 이제 그 영역이 넓어지고 있다.

AOS 장르의 대표 게임인 로크에서도 과거 전략시뮬레이션이 주류였던 E스포츠 판을 연상시킬 만큼 대한민국의 역량은 독보적이다.

아직 스포츠, 슈팅 등 해외 국가 게이머들이 장악하고 있는 장르가 남아 있지만 이대로 간다면 머지않아 모든 게임 장르의 최고 상위 포식자는 대한민국 게이머가 될 것이다.]

영향력이 강해진다는 것은 더 많은 관심이 쏠리게 된다는 의미이기도 했다.

이미 그 전조가 시작되었다.

스프링 리그가 끝나고 섬머 리그 준비를 위해 대한민국에서 실시되는 챌린저스 리그 승강전이 시작되고 인터넷으로 중계되는 해외 중계 시청자 수가 전년도에 비해 폭발적으로 늘어난 것이다.

이렇게 되자 방송사에서 섬머 리그 준비를 하는 것에 더욱 신경을 쓰지 않을 수 없었다.

해외로 송출되는 온라인 방송에 노출시킬 광고를 계약하기 위해 동분서주 움직였고 화질 개선을 위해 플랫폼과 접촉했다.

그렇게 올스타전이 끝나고 다시 다음 시즌을 위한 준비에 돌입한 지 어느덧 3주의 기간이 흘렀다.

모든 구단의 선수들이 차기 시즌을 위해 맹훈련에 열중하는 가운데 계속해서 이적과 은퇴, 트레이드가 반복되었고 시즌을 얼마 앞두지 않은 상황에서 또 한 번 큰 이슈가 터져 나왔다.

이슈의 발원지는 바로 팀 데몬과 함께 데뷔해 큰 충격을 선사했단 장노철 감독의 록시 타이거즈였다.

[올스타전 와일드카드 대표로 출전했던 네오맨 록시 타이거즈 입단!]

[눈에 익은 네오맨 그는 누구?]

[허용 가능한 영입인가? 네오맨의 정체를 밝혀라.]

[플레이어 파도의 귀환. 문제없는 일인가?]

[부정행위를 저질러도 신분세탁 한 번이면 끝?]

[장노철 감독 공식적으로 문제없다는 입장 밝혀.]

[브레이커에 이어 베놈과 대적할 호적수의 등장 환영 vs 부정행위자의 등장에 심기불편 팬들 반응 양분화.]

특히 대한민국에서 크게 이슈가 될 수밖에 없는 일이었다.

사건은 네오맨이라는 닉네임으로 동남아 지역에서 데뷔해 활동하고 올스타전까지 진출한 의문의 게이머가 과거 대리 게임 논란으로 영구 정지를 당한 파도라는 사실이 밝혀지면서 불거졌다.

필리핀으로 귀화해 국적과 신분을 바꾸고 닉네임도 바꾼 채 한국인이 아닌 필리핀인의 자격으로 로크에 공식적인 새 계정을 만들어낸 것이다.

규모가 작은 동남아 리그의 특성상 경기장이 아닌 온라인으로 대회가 치러지는 바람에 시즌이 지나도록 네오맨의 정체는 밝혀지지 않았고 이제야 공개가 된 것.

전말이 밝혀진 후 아직 개발사에서는 공식 입장을 밝히지 않고 있었다.

사태를 지켜보는 베놈 권진욱은 이 모든 것이 장노철 감독의 머리에서 나온 계획임을 직감했다.

누구도 보지 못한 올스타전 때의 모습을 떠올린 것이다.

플레이어 파도가 북미 서버에 나타나 올스타 선수들을 때려잡던 모습.

그것을 지켜보던 장노철 감독.

그리고 의미심장했던 장노철 감독의 행동들까지 모두 지금 이 사태의 시발점이었던 것이다.

어쨌거나 개발사의 공식 입장을 기다려야 하는 상황이고 이대로 넘어간다면 ST T1, 피닉스 스톰을 이어 스폰서 없이 단독 팀으로 출전을 예고한 록시 타이거즈까지 초 강팀으로 분류될 구단이 세 개나 될 수 있는 상태였다.

이외 아진, KTa, 쓰리스타 등 여전히 강력한 전력을 뽐내는 팀들이 호시탐탐 노리고 있기에 역대 최고의 시즌이 펼쳐질 것이라는 기대감이 오히려 빠르게 번져 나가고 있었다.

팬들의 기대감이 고조되고 흥행의 전초가 마련된 이상 개발사가 결과를 결정하는데 큰 어려움이 없었다.

[대리 게임 등 중대한 운영위반 사항을 저질러 영구 정지를 당했던 과거 플레이어 파도 유저가 정지당한 자신의 신분 계정을 포기하고 다른 국가에 귀화하여 새로운 신분으로 계정을 취득해 선수로 데뷔하는 일련의 과정을 두고 관련 규정과 운영방침을 제정하는 기획부서 임직원 일동이…….]

이슈가 커진 후 며칠 만에 공개된 개발사의 입장 전문은 전 세계 팬들의 관심으로 폭발적인 페이지 뷰를 기록했다.

[…… 이러한 고민은 결국 행정적, 규정적인 차원을 넘어 게임과 리그 전반에 미치는 영향과 팬들에게 보여지는 이미지까지 거듭 고민할 수밖에 없도록 만들었고, 저희가 개발한 로크라는 게임에 대한 선수의 열정과 의지, 재능 있는 선수가 더욱 많아져 리그가 활성화되고 더 멋진 장면을 보고 싶어 하는 팬들의 염원 등 결코 외면할 수 없는 요소들을 고려한 바 선수의 닉네임과 같이 옛사람이 아닌 새사람이 정당하게 로크 리그에 도전한다는 의도를 존중하기로 했습니다.]

개발사 입장에서는 다분히 게임의 흥행을 염두에 둔 선택이었으나 많은 이들의 예상을 뒤엎는 의외의 결정이기도 했다.

예전부터 게임 내 부정행위 등에 대해서 단호한 대처를 보였던 이들이었기에 이번에도 단호하게 하지 않겠느냐는 예상이 지배적이었다.

하지만 공교롭게 같은 시기 공개된 라이벌 게임 개발사의 신규 AOS와 FPS 게임의 출시 트레일러가 게임 팬들의 관심을 크게 이끌어내자 로크의 인기가 식을 것을 경계한 개발사가 강수를 두었다고 풀이했다.

네오맨이 어떤 경로를 통해 누구와 이야기하여 다른 국적을 취득하고 새로운 신분을 얻게 되었는지 자세히 밝혀지지 않았으나 어차피 법적인 분쟁도 아니고 게임 내적으로 개발사에서 자율적으로 선택할 수 있는 일이기에 팬들은 그저 흥미로웠다.

[야 언더워치 저거 FPS의 혁명 아니냐?]

[대한민국 캐릭터도 있음 ㅋㅋㅋㅋㅋ 프로게이머 설정 ㅋㅋ 로봇 조종사라니ㅋㅋㅋㅋㅋ]

[사랑을 담아서! C.va!]

[히어로즈 오브 더 토네이도 트레일러 본 사람? 완전 미쳤다 개발사 역대 게임 캐릭터들이 한 공간에 모이는 AOS 잖아 와우]

새로운 라이벌이 될 강력한 경쟁력을 가진 게임의 등장.

그 직전 타이밍에 열리는 새로운 리그.

각 구단 한 개 팀으로 통합된 새로운 방식.

올 라운더 포지션이 추가된 새로운 구성.

돌아온 탕아와 여전히 왕권을 놓고 경쟁하는 강자.

시즌 시작 전부터 이토록 흥미로운 떡밥이 즐비한 경우가 있었나 싶을 정도로 활기가 돌았다.

조짐이 보이는데 조마조마 기다리기만 할 수 있겠는가?

안 그래도 패치에 속도를 붙였던 개발사에서 한 템포 더 빠르게 새로운 대규모 패치 방안을 공개했다.

다시 한 번 압도적으로 강력해진 정글러의 영향력과 방향성을 재설정하는 한편 빠르게 속도를 당겨 채 소비되지 못하고 사장된 메타를 재정비, 통합 혹은 폐합할 수 있는 규모의 패치였다.

정글러 아이템을 탱킹형, 공격형, 마법공격형, 공격속도형으로 나누어 더 많은 챔피언이 정글러로 기용될 수 있게 하면서도 각각 챔피언의 특성에 맞는 아이템 선택지를 제공했다.

그리고 리그 뿐만 아니라 일반 게임에서도 잘 사용되지 않는 비주류 챔피언의 리메이크도 실시되었다.

저마다 리뉴얼 정도로 그친 챔피언도 있고 말 그대로 설계부터 다시 만들어진 리메이크 챔피언도 있었다.

이와 같은 엄청난 변화는 리그 시작 전 공백기에 선수들과 유저들 모두 충분히 씹고, 뜯고, 맛보고 즐길 수 있는 재미있는 놀거리나 마찬가지였다.

♦

분명 돌아오는 새 시즌은 격동의 장이 될 것만 같은 느낌이 들었다.

원래 기억하고 있던 전생의 흐름은 이미 망가져버린 지 오래고 이제부터는 정말 현생에서 이룩한 것들을 발판 삼아 직접 모든 것을 일구어 나가야 했다.

브레이커의 전략적 각성.

예상치 못했던 플레이어 파도의 복귀와 새로운 강팀.

장노철 감독의 전력.

전 세계 팬들의 이목 집중.

계산하지 못한 변수들이 동시다발적으로 등장했고 이미 같은 흐름에 몸을 실어버린 타 구단의 정상급 선수들을 고려해보면 짐작도 할 수 없을 만큼 더 많은 변수들이 튀어나올 수 있는 시즌이었다.

그 와중에도 천만다행인 점은 분명 있었다.

상규가 내게 물었다.

"이번 패치 방향이 오히려 우리 팀에 더 이득이라니 그게 무슨 소리야?"

"올 라운더 포지션의 추가와 더불어서 원딜 출신인 시우 형이 미드라이너로 포지션을 변경한 것이 적절하게 맞아떨어졌다는 소리지."

"이해가 안 되는데?"

"조금만 지켜보면 알 수 있을 거야. 그리고 우리 탑 라인을 담당할 영식이도 리메이크 될 해적선장 챔피언을 플레이 해보면 손에 착착 감길 거야. 저번 시즌과 마찬가지로 패치 이후 시즌 초반은 우리 세상이 될 거야."

나는 호언장담이라고 해도 좋을 만큼 확신에 찬 목소리로 말했다.

다행이라고 여긴 점이 바로 이것이었다.

시즌 중반부터 일어나는 패치에 대해 내가 지금처럼 빠르게 대처할 수 있을지 여부는 미지수지만 적어도 이번 대규모 패치까지는 기억 속의 흐름을 대부분 따르고 있었다.

정글러 아이템으로 새롭게 추가되는 마법의 글레이브 아이템은 마법 공격력 계수를 지닌 스킬 사용 후 기본공격 적중 시 추가 피해 옵션이 붙어 있었다.

이 아이템은 장시우가 주로 활용하던 원딜 이즈와 엄청난 시너지를 발휘한다.

주력 스킬 신비의 화살이 이른바 온 히트 스킬로 적중 시

추가피해까지 동시에 입힐 수 있기 때문이다.

단점으로는 아이템 구매를 위해 미드라인으로 감에도 불구하고 강타 스펠을 강제적으로 들어야한다는 것이지만 그것을 감수하고서라도 사용할 만큼 좋은 시너지를 보인다.

또 하나, 술통을 바닥에 설계해서 폭발시키는 형태로 리메이크되는 해적선장은 강영식의 주력 챔피언 중 하나였다.

물론 전생의 내 기억 속에서 말이다.

적중 시 방어력을 무시한 피해를 입히는 해적선장의 술통 연계기는 영민한 강영식의 스타일에 아주 어울리는 스킬로 그 어떤 선수보다 수월하게 해적선장이라는 챔피언을 다룰 수 있었다.

글로벌 궁극기의 존재로 운영적인 이득까지 가져갈 수 있고 상황에 따라 엄청난 캐리가 가능한 캐리형 탑 챔피언이기에 팀에서 환영할 만했다.

패치노트를 꼼꼼하게 살핀 나는 우리 팀에 가장 적합한 솔루션을 짜기 시작했고 새 시즌을 대비하는 대규모 패치 당일.

나는 팀원들을 소집했다.

◆

로크 챔피언스 리그 섬머 시즌.

1년 내내 펼쳐지는 시즌 중 그 중요도가 가장 높다고 단언할 수 있는 시즌이 바로 섬머 시즌이었다.

모든 프로 구단과 선수, 운영진, 사무국, 팬들까지 바라마지않는 궁극의 목표라 함은 아마도 로크 월드 챔피언십 우승일 것이었다.

그런 꿈의 무대 로크 월드 챔피언십으로 향할 수 있는 가장 효과적인 방법은 바로 이 섬머 시즌을 잘 치르는 것이다.

섬머 시즌에서 좋은 성적으로 순위권에 안착하면 이전 스프링 시즌의 서킷 포인트와 상관없이 선발전이나 운이 좋은 경우 월드 챔피언십으로 직행하기도 한다.

그야 말로 인생 한 방 시즌이랄 수 있는 섬머 시즌이다.

그렇다보니 선수들이 시즌에 임하는 각오도 어느 시즌보다 더 열의적이었다.

물론, 섬머 시즌만 잘 치른다고 해결되는 일은 아니었다.

직전 시즌 우승을 기록한 피닉스 스톰이나 준우승 팀 STT1은 서킷 포인트를 획득한 채로 다른 구단보다 유리한 위치에서 출발하기에 여유가 있는 편이었다.

유리한 고지에서 더욱 격차를 벌리려는 상위권 팀과 그들을 끌어 내리고 중요한 무대로 향하기 위한 추격자들의 투지가 맞붙는 시즌.

남다른 환경과 조건, 팬들의 기대감이 어우러진 섬머 시즌이 시작되었다.

◆

이번 시즌 개막전 스케줄에 우리 팀의 이름은 없었다.

다행이었다.

역사를 둘러봐도 이번 시즌만큼 격동이라고 표현할 만한 시즌이 없었다.

팀들의 재정비와 대규모 패치 때문에 완전히 다른 게임이라고 해도 믿을 만큼 변해버린 게임 스타일이 팬들에게 낯설게 느껴지지 않을까 걱정이 될 지경이었다.

그런 상황이니 먼저 우리 패를 꺼내 보이는 것보다 다른 패를 확인하는 편이 유리했다.

"걔들은 아직 아예 감을 못 잡은 것 같지?"

"게임을 해석하는 능력 자체가 다른 구단에 비해 떨어지는 느낌이야."

KTa 롤스터와 아진 엠파이어의 개막전 경기를 지켜본 강영식과 정남규의 소감이었다.

양 팀은 전 시즌과 별 다를 바 없는 밸런스 조합을 준비해 무난한 한타와 운영 싸움을 펼쳤다.

격동의 리그 시작에 썩 어울리지 않는 게임이었음은 분명했다.

그러나 마냥 해석에 실패했다고 할 수는 없었다.

"오히려 너무 많이 변해서 실험적인 카드가 나올 것을 대비해 언제나 안정적일 수 있는 선택을 한 것뿐이야. 게다가 개막전이라 준비한 카드를 바로 공개하기 부담스러웠겠지. 저들이 어떤 카드를 숨기고 있는지 우리는 아직 몰라."

내 말에 팀원들이 수긍하는 듯 고개를 끄덕였다.

우리 경기는 2일 뒤에 있었고 상대는 쓰리스타 갤럭시였다.

기억에 따르면 왕조를 이루었다는 평가를 받을 만큼 단기간에 최고의 임팩트를 보여주고 해외로 진출한 선수들 구성 그대로였다.

이들의 포텐셜이 폭발하는 기점이 이전 시즌이었는데 나의 등장으로 그 타이밍이 꼬여 만개하지는 못한 상태였다.

그러나 이번 시즌 그들의 포텐셜이 언제 폭발할지 모르기에 경계하지 않을 수 없는 팀이었다.

무엇보다도 10개 구단 중 가장 선수진이 튼튼하게 정비된 팀이라서 구사할 수 있는 전략적 요소도 무궁무진했다.

"연습하자."

장민석 코치의 목소리에 선수들이 움직였다.

한 개 팀으로 통합된 이후 나는 게임 내적인 부분만 담당하는 플레잉 코치의 역할을 그대로 이어 받았다.

그 외 모든 부분을 장민석 코치가 케어하고 송 매니저는 축소된 구단 규모로 사무국의 일만 서포트 하는 역할로 더 이상 연습실에 출근하지 않았다.

그렇게 막 연습에 들어가려는 순간 본사로 복귀 이후 아주 오랜만에 송 매니저가 숙소로 찾아왔다.

"송 매니저님? 어쩐 일이세요?"

나는 짐작 가는 일이 있음에도 일부러 물었다.

송 매니저가 활짝 웃으며 대답했다.

"드디어 사무국 결재가 떨어졌어요!"

송 매니저의 목소리가 들리자 사무실에서 차 감독이 나와 씩 웃으며 선수들에게 말했다.

"연습은 회사에 다녀와서 하자!"

선수들이 기쁜 마음으로 우르르 외출 준비를 시작했다.

오늘은 드디어 더 향상된 조건으로 새 시즌에 임할 수 있게 연봉재협상을 하는 날이었다.

♦

피닉스 본사 회의실에 1년 만에 구단 선수들과 사무국 관계자들이 함께 자리했다.

전무이사가 말했다.

"경기를 앞두고 있는 시점에서야 이런 자리를 만들게 되어 미안합니다. 조금 더 빨리 자리를 마련했어야 했는데 권진욱 코치 겸 선수의 요구가 수용 가능한지 검토할 시간이 필요했습니다. 우리는 그 요구를 수용하기로 했고요."

전무이사의 말에 선수들의 표정이 밝아졌다.

당초 시즌 시작 전 재계약 협상 테이블을 마련하기 위한 사무국의 접촉은 있었다.

애초에 계약 자체가 1년이라 재계약을 피할 수 있을 거라 생각했지만 리그 제도가 바뀌며 2개 팀이 아닌 1개 팀으로 통합된 새로운 계약을 맺어야 했기에 피닉스는 입맛이 쓰게 다가올 수밖에 없었다.

피닉스는 대기업 스폰서를 등에 업은 다른 구단과 다르게 피닉스라는 회사 자체의 규모가 작은 것과 예정에 없던 협상 테이블이었던 점을 빌미로 동일 조건으로 1년 연장을 제안하며 선수를 쳤다.

이에 반발한 권진욱이 선수들을 모아 테이블에 응하지 않으며 요구 조건을 제시했다.

축소된 선수단, 지난 시즌의 우수한 성적, 그로 인한 피닉스 게이밍 기어의 판매량 증가와 홍보 효과 등을 적절하게 제시하면서 모든 선수와 코칭 스태프의 처우개선을 요구했다.

과거 코치의 경험이 빛을 발하는 순간이었다.

피닉스는 난색을 표했고 내부 회의 후 결정하겠다는 답변을 낸 채로 시간이 흘렀다.

그리고 재계약에 실패하는 즉시 시즌 첫 경기를 마친 후 팀이 분해될 상황에 처하자 피닉스가 더 이상 버티지 못한 것이다.

권진욱의 말처럼 게이밍 기어를 제작 판매하는 피닉스 입장에서 성적이 좋은 구단을 운영하는 것보다 더 큰 홍보 수단은 없었다.

이 모든 걸 간파하고 있던 권진욱이기에 배짱을 부릴 수 있었던 것이다.

그 덕분에 구단에서는 이례적으로 모든 선수와 코칭스태프까지 계약 조건을 더 나은 방향으로 상향조정하는 내용에 동의할 수 있었다.

협상은 무리 없이 진행되었다.

아쉬운 것이 피닉스 측이었으니 배짱을 부리다가 코너까지 몰린 시점에서 요구를 수용하는 것 외에 더 할 수 있는 것이 없었다.

결론은 모든 선수와 코칭스태프 계약조건의 20% 상향 조정.

이로써 완벽하게 재정비가 끝난 피닉스 스톰은 곧 치르게 될 섬머 시즌 첫 번째 경기에 몰두할 수 있었다.

◆

연습실로 돌아온 선수들은 입이 귀에 걸린 채 여기저기 전화하기 바빴다.

"예, 그럼 그 모델로 부탁드립니다. 옵션은 저번에 이야기 했던 것들 넣어서요. 네, 감사합니다."

"아하…. 그럼 곧바로 입주할 수 있다는 거죠? 네, 가족들과 상의해보고 확정되면 다시 전화 드릴게요."

"그래, 인마. 형이 사줄 테니까 그 노트북 그냥 사. 매장 가서 전화해."

"예, 사장님. 문자로 집 주소 찍어드릴 테니까요. 잘 배달해주시고요. 잘 설치 해주세요."

계약금 명목으로 큰돈을 벌게 된 선수들은 저마다 가정에 필요한 자동차나 이사 갈 집, 소소하게는 가전제품과 가족의 선물 등을 준비하느라 여념이 없었다.

가만히 그 모습을 지켜보던 차 감독과 장 코치가 흐뭇하게 웃었다.

"권진욱이 저 독사 같은 놈 덕분에 다들 웃음꽃이 피는구나."

"그러게요. 감독님. 저 선수 때 왜 진욱이 같은 애가 팀에 없었나 몰라요. 애들 요새 보면 부러워 죽겠다니까요?"

"왜? 돈 많이 벌어서?"

"네, 연봉도 예전에 비하면 훨씬 높은데 스트리밍 방송 수익까지 장난이 아니잖아요. 아…. 나 선수 때는 왜 이런 게 없었는지…."

"인마, 선수였으면 그런 걸 부러워하는 게 아니라 우승하고 세계대회에서 이름 떨치는 것들을 부러워해야지."

"에이, 감독님. 저도 우승 해봤고 월드 챔피언십도 나가 봤어요."

"그게 같아? 잘 봐라. 진욱이 저 놈이 득달같이 달려들면 월드 챔피언십 진출이 뭐냐? 우승 트로피도 가져올 놈이다."

차 감독은 권진욱을 보면서 흐뭇한 미소를 지었다.

단 한 시즌 만에 팀을 이렇게 바꿔 놓을 수 있는 영향력이 과연 이 바닥 누구에게 있을까?

1년도 지나지 않은 시점에 벌어진 효과는 어마어마했다.

강팀의 이미지를 가져올 수 있었다.

선수들은 윤택한 환경을 누릴 수 있었다.

우승을 기록하기도 했고 체계적인 훈련과 연습이 가능해졌다.

차 감독은 이 모든 게 오롯이 권진욱의 영향력이라고 생각했다.

그렇기에 앞으로도 전심전력으로 권진욱이 하는 모든 것을 뒤에서 돕고 받쳐줄 생각이었다.

피닉스 스톰 구단은 이제 완벽하게 권진욱을 중심으로 굴러가기 시작했다.

♦

전 시즌 우승 구단 피닉스 스톰의 시즌 첫 번째 경기.

그 상대가 만만치 않은 쓰리스타 갤럭시라는 점까지 더해지면서 경기장은 엄청난 팬들의 방문을 맞이해야 했다.

뿐만 아니라 세계 대회에서 여러 타이틀을 휩쓸어 온 권진욱과 안상규의 존재는 해외 팬들에게 어필하기도 충분한 요건이었다.

이미 게임 해석 능력이 남다르다는 것을 간파 당한 피닉스 스톰이기에 완전 대규모 패치 이후 게임이 어떤 방향으로 흘러갈지 궁금한 팬들이 많아 온라인 접속도 폭주 상태였다.

기다리고 기다리던 경기가 시작되고 피닉스 스톰은 거침

없었다.

탑 라인에 베놈 권진욱이 출전했고 미스터 큐 안상규의 정글, 이번 시즌 미드라이너로 전향한 원딜 출신 장시우가 출전했으며 박명건, 정남규 바텀 듀오의 출전으로 스쿼드 자체도 탄탄한 편이었다.

이들이 선택한 조합은 매우 흥미로웠다.

권진욱은 마치 대기실에서 지켜보는 강영식에게 앞으로 해적선장이라는 챔피언의 미래가 어떤 것인지 보여주겠다는 듯 자신감 있게 선픽으로 해적선장을 가져왔고 미리 픽해둔 이즈를 미드라인으로 돌리면서 밴픽 심리전까지 거는 모습을 보여줘 팬들의 환호를 이끌어냈다.

피닉스 스톰

탑 – 해적선장

정글 – 그라카스

미드 – 이즈

원딜 – 트이치

서포터 – 트레쉬

이전에는 보기 힘들었던 2원딜 조합이 등장했다는 사실 하나만으로도 팬들의 기대감을 끌어 모으기엔 충분했다.

그러나 그게 끝이 아니었다.

"아아! 뭐죠? 실수인가요? 미드라인으로 간 이즈가 강타 스펠을 들었습니다!"

"잠시만요. 스텟도 뭔가 이상한데요? 주문력이 왜 저렇게 높죠? 미드 이즈를 마법사처럼 쓰겠다는 걸까요?"

해설진도 짐작하지 못한 요소들이 연신 튀어나왔다.

탑 라인에 올라간 해적선장이 강력한 물리 공격력 기반 대미지를 넣을 수 있기에 미드라인 이즈가 마법 대미지를 뽑어주면 굉장히 밸런스도 좋다는 것 정도가 해설할 수 있는 고작이었다.

게임 화면으로 전환되고 라인전이 시작된 후 이즈가 첫 귀환에 다른 아이템이 아닌 정글 아이템을 구매하는 시점이 되자 당황한 해설진의 말수도 점점 줄었다.

이윽고 시간이 흘러 미드 이즈의 아이템이 마법의 글레이브로 변경됨과 동시에 신비의 화살 스킬로 모든 상황을 해결해 버리는 엄청난 모습을 보여주자 해설진조차 팬들과 같은 마음이 되어 경악할 수밖에 없었다.

쓰리스타 갤럭시는 당황한 듯 허둥거렸고 권진욱은 그 틈을 놓칠 위인이 아니었다.

게임 중반 드디어 용 서식지 앞에서 대규모 한타가 열렸다.

◆

혹시나가 역시나.

많은 팬들이 새 시즌에 접어들어 시작된 피닉스 스톰의 첫 경기를 보고 내뱉은 말이었다.

혹시나 했다.

선수 구성도 바뀌었고 통합 구단으로 변환되면서 이탈자와 잔류자가 생기는가 하면 올 라운더라는 새로운 포지션 개념도 도입되어 피닉스 스톰의 강팀으로서의 발돋움은 여기서 끝이 아닌가 했다.

그러나 역시나였다.

애초에 게임 해석 능력으로 정평이 나 있던 팀 데몬과 팀 엔젤이 통합된 피닉스 스톰 아닌가.

이론상으로 가능할까 이야기가 나오고 있는 시점의 아이템 마법의 글레이브.

기술 자체에 기본공격 판정이 붙은 온 힛 스킬을 지닌 챔피언들이 써 봄 직하지 않느냐라는 이야기가 나오고 있었다.

그러나 기본적으로 주문력 계수 영향을 많이 받는 아이템이라 온 힛 스킬이 있으면서도 주문력 템트리를 탈 수 있어야 사용이 가능했다.

무엇보다도 강타 스펠을 들어야만 정글 아이템을 구매할

수 있도록 패치되었기에 강타 스펠을 들고 라인에 가는 것에 대한 효율성 문제로 연구 자체가 지지부진한 상황이었다.

그런데 피닉스 스톰이 들고 나온 강타 마법의 글레이브 이즈의 등장은 이미 연구 과정 자체를 스킵해 버린 것처럼 단기간에 엄청난 성과를 보여주었다.

과감한 강타 스펠 사용과 더불어 주문력 아이템 세팅으로 기존 AP 이즈보다 신비한 화살 활용도가 훨씬 올라간 업그레이드 버전을 보여주었다.

심지어 강타 스펠을 이용해 적의 오브젝트를 스틸하기도 했고 라인전 단계에서는 적진의 정글 캠프를 돌아 더티 파밍까지 하는 모습을 보여주었다.

이즈 단독으로도 어마어마하게 위험한 것은 사실이었으나 이것을 완벽하게 받쳐준 숨은 공신을 찾으라 한다면 이견의 여지가 없이 탑에서 등장한 해적선장이었다.

베놈 권진욱이 플레이한 해적선장은 궁극기를 이용해 두 개 라인을 커버하는 듯한 모습으로 여러 운영의 여지를 가져오는데다가 이즈와 함께 극악의 포킹 라인을 형성했다.

더 무서운 점은 방어력 무시 대미지를 넣을 수 있는 물리 공격력 기반 챔피언이라는 점이었다.

탱커 입장에서는 방어력을 준수하게 갖추기도 무섭고 마법 방어력에 올 인하기도 무서운 애매한 상황이 되는 것이다.

창의적인 포킹이 가능한 해적선장.

단 3초의 쿨 타임으로 무한 포킹을 쏴댈 수 있는 이즈.

이 둘의 존재감만으로도 다섯 명의 챔피언을 뒤로 물리는 효과를 똑똑히 보여주었다.

결과물을 보여 주고 나니 후발주자가 따라 붙는 것은 당연한 이치였다.

이후 첫째 주 리그 경기 내내 이즈는 필수로 밴이 되거나 살아남는 즉시 선수들이 서로 가져가기 위해 혈안이었다.

다만 해적선장은 특유의 조작난이도 때문에 한동안 다른 팀에서 쉽게 따라하지 못했다.

그러나 피닉스 스톰이 가져가게 두지도 않았다.

어느 정도 챔피언이 익숙해지기까지 영원한 밴 카드 칭호를 획득한 상태였다.

벌써 비시즌 기간 동안 준비한 카드를 모조리 내보이고 빼앗겼다는 생각이 들 찰나.

신박한 픽으로 무장한 피닉스 스톰의 행보는 거침이 없었다.

[탑 라인 강타 스펠 등장! 강타 피이즈의 활약!]

[찰스의 부활? 로크 챔피언스 코리아 3시즌 만에 찰스 연속 픽!]

[답은 강타 글레이브다!]

[너도나도 강타 활용. 정글러 수난시대!]

[찰스, 피이즈, 해적선장, 이즈에 이어 다음은 무엇?]

[강타 카드술사까지 등장! 글레이브의 한계는?]

[오랜만에 미드라인에 복귀한 베놈 권진욱! 강타 피이즈에 이어 강타 카드술사로 게임을 지배하다!]

글레이브 아이템의 효율성을 극대화 시키는 챔피언 조합으로 승리를 모조리 쓸어 담는 피닉스 스톰!

그들의 경기를 본 아마추어 플레이어들의 온라인 솔로랭크는 각종 기묘한 픽으로 물들어가고 있었다.

[ㅆㅂ 베놈이 솔랭 다 망쳐놨다. AP 해적선장 하는 새끼들 다 나가 뒤져라.]

[진심 AP 라서스, 해적선장 하는 새끼들 다 정신병 있는 것 같음]

[제발 경기에서 본 거 해보겠다고 따라하지 마세요. 니들은 프로게이머가 아니에요]

[언제부터 이즈가 미드챔이었냐? 원딜 이즈 한다고 개욕먹음.]

[원딜 이즈로 강타들고 AP 트리 타는 놈들도 있음]

[아 그냥 솔랭 당분간 접어야지 혼란하다 혼란해]

지난 시즌과 다르게 이번 시즌 선수들이 보여주는 효율 플레이 자체는 일반 유저들이 따라하기 힘들 만큼 정교한 컨트롤과 팀워크가 필요한 부분이라 솔랭 생태계 자체가 뒤흔들리는 여파가 있었다.

적응하는 사람은 올라가고 운 없이 최악의 팀원들을 만나는 순간 아무리 잘해도 질 수밖에 없는 기묘한 게임 판이 되어버린 것이다.

신선함과 혼란이 공존하는 시기, 개발사의 수습 패치가 다가오는 시점에 피닉스 스톰은 이전 시즌과 마찬가지로 순위표의 가장 꼭대기에 자리하고 있었다.

[8전 전승! 피닉스 스톰 단독 1위 차지.]

[ST T1은 과연 이번 시즌 피닉스 스톰에게 복수의 칼날을 꽂을 수 있을까?]

[피닉스 스톰과 ST T1의 격돌!]

[이번 시즌 왕좌의 향방이 갈릴 빅 매치!]

확실하게 시즌 새로운 메타에 적응한 강팀은 피닉스 스톰, ST T1, 록시 타이거즈 세 팀이었다.

피닉스 스톰은 시즌 전반기 마무리를 두 경기 남겨둔 상태에서 ST T1과 록시 타이거즈를 차례로 상대해야 하는 일정이었다.

전승의 피닉스 스톰과 각 1패씩을 기록한 ST T1, 록시 타이거즈의 경기는 확실한 흥행을 보장하는 대박 매치였다.

시즌 중반에서야 벌어지는 빅 매치에 전 세계 팬들의 이목이 로크 챔피언스 코리아 섬머 시즌에 집중되었다.

♦

피닉스 스톰과 ST T1의 격돌!

경기 시작 10분 전에서야 공개된 출전 명단을 보고 모두가 환호했다.

올 라운더를 운용하지 않는 ST T1과 올 라운더 1호 선수 베놈 권진욱이 있는 피닉스 스톰의 경기라 두 선수의 맞대결이 이루어질 가능성에 대한 이야기가 뜨겁게 불타는 중이었다.

공개된 출전 명단에 올 라운더 포지션 베놈 권진욱을 선발 미드라이너로 출전이 확정되었다.

며칠 만에 두 선수가 맞붙는 것인가!

그리고 새 시즌 새로운 챔피언 메타에서는 과연 누가 더 강할 것인가!

각종 궁금증이 뭉게뭉게 피어올랐다.

완성형 선수는 분명히 존재하지만 흔하지 않았고 그 흔

하지 않은 선수들 중 가장 상위권에 있는 두 선수기에 흥미로운 것은 부정할 수 없었다.

어떤 메타가 유행하든 두 선수는 최상위 포식자로 군림하지만 스타일은 확연하게 달랐다.

브레이커는 메타와 상관없이 본인의 순수한 실력으로 캐리가 가능한 선수.

베놈은 메타 자체를 이끌고 다니는 트렌드 세터.

특징에 걸맞게 두 선수의 대결은 언제나 흥미진진했다.

이번에도 다르지 않았다.

[굉장한 혈투! 베놈에게 이즈를 건네준 브레이커의 반격!]

[1세트 이즈vs환술사 글레이브 이즈의 압도적인 위용.]

[팀 파이트에서 갈린 승부. 피닉스 스톰 1:0]

[2세트 이즈를 봉인한 브레이커의 오리안나]

[카드술사와 오리안나의 대결에서 오리안나의 압도적 캐리!]

[세트 스코어 1:1 쉽게 끝나지 않는 두 팀의 혈전!]

게임 자체는 완벽하게 서로의 미드라이너를 중심으로 흘렀고 미드라이너의 캐리력으로 승부가 나는 모습이었다.

1세트에서 자신이 유행시킨 글레이브 이즈로 캐리한 베놈.

2세트에서 특유의 피지컬 능력을 앞세워 신드리아로 게임을 휘어잡은 브레이커.

양 팀의 1차전 마지막 세트 경기에서 어떤 챔피언으로 어떤 모습을 보여줄지 기대가 되는 순간이었다.

"격동의 시즌이 될 거라 많은 분들이 예상하셨을 텐데요! 이번 세트 경기가 격동의 중심이 될 수 있을까요? 지금 시작합니다!"

경기 시작을 알리는 캐스터의 목소리도 여느 때보다 활기차게 느껴졌다.

이윽고 시작된 마지막 세트!

양 팀의 전략적인 밴픽이 오가면서 게임에 대한 몰입도가 서서히 상승했다.

"피닉스 스톰의 전략은 별 다른 게 없죠? 일단 해적선장과 이즈 중 하나만 가져와도 성공이라는 생각인 것 같아요."

"ST T1이 과연 그것을 허용할까요?"

"사실 밴 카드로 밀어버리면 그만인데요."

"하지만 피닉스 스톰에게 카드가 그것 두 개 뿐인 것은 아닙니다."

"예, 탑 라인으로 올라가거나 미드 라인에서도 활용

가능한 피이즈 픽도 있고요. 찰스도 밴 카드로 죽이기에는 아까운 챔피언이죠."

피닉스 스톰의 최대 강점은 늘 밴 카드 세 개 만으로 막아내기 어려울 만큼 많은 전략을 준비한다는 점이었다.

이번에도 마찬가지였다.

ST T1이 밴 카드로 적의 전략을 제압하려면 그나마 가진 카드들 중에서 가장 상대할 만한 카드를 내어줘야지만 위협적인 카드를 자를 수 있었다.

이번 세트에서 ST T1의 선택은 해적선장과 이즈를 자르는 것에 그쳤다.

자연스럽게 피닉스 스톰의 픽이 정해졌다.

"탑 라인에 역시 찰스가 등장하고요. 미드라인에서는 베놈 선수가 과감하게 피이즈를 가져갔습니다."

"브레이커 선수를 상대로 피이즈를 선택하다니요? 이번에도 신드리아를 선택한 브레이커 선수인데요. 6레벨 이후 확실하게 피이즈가 주도권을 잡겠지만 그 이전에는 매우 힘들 것이 분명하거든요?"

마지막 세트의 핵심은 폭발력 있는 피이즈와 컨트롤 능력 여하에 따라 혼자 게임 자체를 뒤집을 수 있는 신드리아의 격돌이었다.

두 챔피언 모두 피지컬 능력에 따라서 성능 차이가 어마어마하게 나는 챔피언이었다.

그런 챔피언을 피지컬의 정점에 선 두 선수가 플레이 하니 기대가 될 법도 한데 사실 게임이 진행 될수록 상성상 피이즈가 앞서는 면이 있었다.

다만, 6레벨 이전 타이밍에 피이즈는 무슨 짓을 해도 신드리아를 이길 수 없다는 것이 정설이었는데 이 과정에서 너무 격차가 벌어지면 6레벨 이후에도 쉽게 신드리아를 압도하지 못하는 모습이 있었다.

초반을 어떻게 버티느냐.

초반에 어떻게 휘어잡느냐.

양 선수의 쟁점이었다.

그런데 막상 게임이 시작되자 이런 쟁점 자체를 무시하는 듯 베놈 권진욱의 스왑 플레이가 펼쳐졌다.

"피이즈를 선택한 권진욱 선수가 미드라인을 비운 채 정글러와 함께 적 정글로 들어가네요?"

시작부터 2개의 강타를 이용해 적 정글을 교란하더니 정글러와 나란히 2레벨을 찍은 다음에는 돌연 탑으로 움직였다.

"정글러가 미드라인에 밀려오는 전투병 경험치를 받아먹으러 가고, 피이즈가 찰스와 함께 탑 라인을 압박합니다!"

"상황이 종료되자 찰스가 정글로 들어가네요?"

강타 스펠을 장착한 탑 찰스, 미드 피이즈, 정글 그라카스는 계속해서 서로의 위치와 역할을 바꿔 가며 유기적인 움직임으로 경험치를 수급했다.

철저하게 초반 신드리아를 상대해주지 않는 작전을 펼치고 있는 것이다.

유기적인 움직임이 가져온 효과는 대단했다.

계속 자리를 옮기는 세 챔피언의 위치를 파악하기가 어려워 ST T1 정글러의 동선에 제약이 생기는가 하면 갱킹이나 로밍에 취약한 신드리아가 적극적으로 푸시를 할 수도 없었다.

상대하지 않고 성장하는 방법을 선택한 피닉스 스톰.

결국 유혈사태를 피한 채 피이즈가 6레벨이 되는 시점이 다가왔다.

28장. 독주

프로게이머

PROGAMER

프로게이머

PROGAMER

28장. 독주

이번 게임 초반에 보여진 단 몇 개의 키워드만으로도 팬들은 승패를 가늠할 수 있었다.

피이즈, 마법의 글레이브.

이 두 개의 압도적인 키워드가 우선 피이즈의 존재감을 확실하게 알렸다.

거기에 더해진 것이 바로 '안정적인 성장'이었다.

"이건 사실 밴픽 단계에서 끝났다고 봐도 과언이 아닌 게임이거든요? 일반적으로 그렇지 않습니까?"

"맞습니다. 3강타 자체가 팀 게임에서 엄청난 리스크가 있다고 평가받고 있죠. 다섯 명이 한 팀인데 그 중 셋이 강타 스펠을 들어야 한다면? 분명히 효율성이 떨어진다는 말인데요. 지금 상황은 글쎄요….”

“애초에 해적선장과 이즈를 잘라 내면서 밴픽 주도권은 ST T1이 가져가는 것처럼 보였습니다. 말씀하신 3강타를 강제한 느낌을 지울 수가 없었으니까요.”

“예, 그런데 그걸 이렇게 이용했네요. 분명 브레이커 선수는 신드리아로 피이즈를 초반부터 강력하게 압박할 생각이었을 겁니다. 거기서 격차를 벌려 둔다면 6레벨 이후에도 대치전에서는 훨씬 힘을 발휘할 수 있으니까 말이죠.”

“압박당할 것이 100% 예상이 되다보니 3강타를 이용해 유기적인 로밍, 스왑 플레이로 성장을 도모했습니다. 이게 보통 어려운 일이 아니거든요? 이동하는 동선이 한 번이라도 잘못 꼬이면 그대로 경험치에 손실이니까요.”

“베놈 권진욱 선수가 오더로 있는 이상 그럴 일은 없다는 듯 당연하게 시도했고 성공했습니다. 피이즈는 아주 약한 초반 단계를 평화롭게 넘기고 마법의 글레이브까지 완성했어요.”

이후 추가되는 키워드는 존재감을 더 키우고 굳히는 역할을 했다.

[저렇게 잘 큰 피이즈가 활개치고 다닐 텐데 파일럿이 베놈이야.]

[아무리 브레이커라고 해도 피이즈를 막기는 힘들 듯?

상성이 너무 딸려.]

[상성도 잡아먹는 브레이커였지만 베놈이 등장한 이후에는 장담하기가 힘들다.]

[강팀의 전유물인 노 탱커 캐리 조합이 강팀의 대표주자 ST T1의 발목을 잡게 생겼다.]

[그러게 탑, 정글, 미드, 바텀 듀오 전부 피이즈 앞에서 아이스크림이나 마찬가지 아니냐? 살살 녹겠는데?]

종합적인 상황을 살피는 눈도 많이 올라간 일반 유저와 팬들이었다.

이미 상황을 종합하여 ST T1 팬들은 패배를, 피닉스 스톰 팬들은 승리를 확신했다.

게임 결과는 그들의 확신 그대로 결정되었다.

베놈이 조종하는 피이즈의 엄청난 화력으로 게임 자체를 압도하면서 어떻게 보면 너무나도 싱겁게 게임이 끝나버렸다.

그러나 싱겁다는 표현은 누구에게는 다르게 보였다.

[피이즈 – 8킬 0데스 11어시스트]

다른 팀도 아닌 무려 ST T1을 상대로 보여준 베놈의 피이즈 원맨쇼는 역사상 그 어떤 경기에서도 찾아볼 수 없었던 최고의 임팩트를 선사했다.

특히나 피닉스 스톰의 팬들은 환호하지 않을 수가 없는 상황인 것이다.

상황이 이렇다 보니 로크 리그 팬들의 팬심이 분분하게 갈라졌다.

이틀 뒤 벌어지는 록시 타이거즈와 피닉스 스톰의 경기가 그들의 승부처였다.

[피닉스 스톰 팬 아니면 전부 록시 응원합시다!]

[솔직히 2시즌 연속 우승하면 로크 월드 챔피언십 직행 막을 방법이 없음]

[지금 플레이오프권 팀들이 조금만 힘내주면 피닉스 스톰 끌어 내릴 수 있잖아!]

[ST T1도 못한 걸 다른 팀이 무슨 수로?]

[록시라면 가능할지도 모름]

[네오맨의 요새 폼이 베놈과 비견될 수준인 건 맞지.]

팬들이 합심하여 피닉스 스톰의 반대편에 선 것은 처음이 아니었다.

이전 시즌 팀 데몬이었을 때 그들의 독주를 아니꼽게 생각하는 이들이 일방적인 상대 팀 응원으로 선수들의 멘탈을 흔들었던 적도 있었으니까.

그러나 이번에는 목표가 명확했다.

로크 월드 챔피언십.

세계 대회 중에서도 가장 큰 규모의 대회에 직전 시즌 두 개를 우승해 버리면 다른 팀들은 막아볼 도리도 없이 곧장 본 대회로 직행하는 시스템 때문에 오랜 시간 애정을 주었던 자신의 팀이 진출하지 못할 수도 있다는 불안감이 작용했다.

거기에 더해 최근 보여준 록시 타이거즈의 기량이 출중했던 덕분에 일말의 기대가 가능했다.

그 중에서도 새롭게 영입된 네오맨의 활약이 대단했다.

올 라운더 포지션으로 활동하며 주로 탑, 미드, 정글 세 개의 포지션을 로테이션 하듯 출전하는 네오맨은 몇 가지 장점과 단점이 있었다.

그를 설명하기 위해서는 단점을 먼저 살펴봐야 하는데 소화할 수 있는 포지션과 챔피언이 굉장히 한정적이었다.

올 라운더라는 이름에 걸맞게 폭 넓은 소화력을 가지고 있어야 한다는 게 팬들의 생각이었지만 네오맨은 그렇지 못했다.

주로 세 개의 포지션만 돌면서 포지션 당 1~2개의 챔피언을 능숙하게 다뤘다.

장점이라고 한다면 네오맨이 원하는 포지션에 원하는 챔피언을 선택할 수 있게 되는 순간 엄청난 폭발력이 나온다는 것이었다.

가령 네오맨이 미드라인에서 주로 사용하는 카드술사 같은 챔피언이 손에 쥐어진다면 그 때 보여주는 파괴력은 브레이커나 베놈에 비해 결코 뒤처지지 않는다는 게 모두의 생각이었다.

록시 타이거즈의 성적표 역시 좋은 상태였다.

순위표에서 3위를 기록하고 있었지만 ST T1과 동률이면서 세트 스코어 점수 때문에 아래에 자리한 것 뿐 시즌 내내 초 강팀인 ST T1과 같은 위용을 보여줬다.

혹자는 이런 좁은 챔피언 소화력 자체가 결국에는 네오맨에게 큰 걸림돌이 될 것이고 그의 전성기는 오래 가지 못할 거라고 비판하기도 했다.

하지만 베놈 권진욱의 생각은 전혀 달랐다.

너무나도 눈에 보이는 뚜렷한 단점이 있음에도 그가 엄청난 실력을 계속해서 보여주고 록시 타이거즈가 순위권에 자리할 수 있는 건 결코 운에 의한 게 아니었다.

네오맨이 원하는 챔피언을 안겨줄 수 있는 사람.

지략가 장노철 감독이 그의 뒤에 서 있기 때문이었다.

원하는 걸 얻으면 반드시 보여주는 선수와 그에게 원하는 걸 안겨줄 수 있는 감독.

이 둘의 궁합은 그 어디에서도 볼 수 없는 찰떡궁합이라고 할 수 있었다.

거기에 더해 록시 타이거즈가 이번 시즌 3위권 안에 자리할 수 있다면 지난 시즌 플레이오프 출전 점수로 인해 로크 월드 챔피언십으로 향하는 국가대표 선발전에 나갈 자격이 주어질 수 있기에 승리와 승점 1점이 중요한 시기였다.

충분하고도 남을 역량을 가진 팀이 충분한 동기를 가지고 피닉스 스톰을 상대한다고 하니 자연히 응원의 목소리가 모아지는 것이다.

전반기 마지막을 장식할 두 팀의 경기는 정말 코앞이었다.

♦

드디어 기다리고 기다리던 전반기 마지막 경기가 펼쳐지는 날!

록시 타이거즈와 피닉스 스톰의 경기는 E스포츠의 역사를 다시 썼다.

현장 관객 기록 갱신!

이벤트 매치나 결승전처럼 야외 특설무대가 아닌 스튜디오의 방문 관객이 역대 어느 때보다 많았다.

당연한 소리겠지만 좌석은 매진이었고 좌석을 가로질러 오르내리는 계단과 복도까지 관객들로 꽉 차서 발 디딜 틈이 없었다.

과거 KTa 롤스터와 ST T1의 통신사 라이벌 매치의 기록을 지난 시즌 팀 데몬과 ST S가 갈아치웠고 오늘에 와서 피닉스 스톰과 록시 타이거즈가 다시 갱신한 것이다.

이로써 ST T1이 로크 챔피언스 리그 코리아의 흥행 선두주자라는 말은 과거형이 되어 버렸다.

새로운 흥행보증수표는 누가 뭐라고 해도 피닉스 스톰이었고 조금 더 디테일하게 표현하자면 베놈 권진욱이었다.

과거 ST T1이 기록을 가지고 있을 때만 하더라도 모두가 흥행하는데 필요한 카드로 브레이커를 꼽았을 테지만 이제 그 타이틀마저 베놈 권진욱이 가져가게 되었다.

여러모로 ST T1의 왕좌를 빼앗아 가는 베놈 권진욱이 곱게 보일 리 없는 T1의 팬들이 록시 타이거즈를 응원하는 현장 관객의 절반 정도 되어 보였다.

그 외 강팀들을 응원하는 팬들이 남은 절반에 다시 절반 정도를 차지했고 순수하게 록시 타이거즈를 응원해온 팬들은 남은 절반을 차지했다.

피닉스 스톰의 경우는 정반대의 경우였다.

경기장 관중석의 절반이 록시 타이거즈 연합 응원군이었다면 다른 절반은 완전한 피닉스 스톰의 팬덤이었다.

실로 어마어마한 팬덤이라고 할 수 있었다.

다른 구단의 연합 응원군과 대등한 팬덤을 보유하고 있다는 것 자체가 쇼킹한 수준이었다.

관중석의 정가운데를 기점으로 나뉜 양측 응원단은 경기가 시작하기 전부터 팽팽한 응원 신경전을 벌였다.

장비를 세팅하고 있는 선수들을 향한 응원의 목소리와 격려의 메시지가 경기장을 가득 메웠다.

그런 엄청난 기대감 속에서 시작된 양 팀의 첫 번째 경기.

서로가 노리는 것은 명백했다.

양 팀 올 라운더 플레이어가 모두 미드라인으로 출전한 이상 피닉스 스톰은 해적선장과 이즈를 가져가기를 강력하게 원했고, 록시 타이거즈는 여전히 탑 라인에서 주도권을 쥐기 좋은 소나무 메타의 중심 나무요정과 카우스타, 미드라인으로 출전한 네오맨이 폭발력을 보일 수 있게 카드술사나 피이즈를 가져가기를 원했다.

서로 마음만 먹으면 적이 원하는 것을 내어주지 않을 수 있도록 밴 카드에 여유도 있었다.

그러나 밴픽 결과는 충격적이었다.

"양 팀 선수들 모두 가져가기를 강력하게 희망했던 챔피언들이 있지 않습니까!"

"예, 분명히 적절하게 견제하면 모두 끊어낼 수 있던 카드들이거든요?"

"그런데 양 팀 선수들! 원하는 챔피언을 모두 가져갔습니다! 정확하게 말하자면 서로 해볼 테면 해보라는 듯 다

내주었죠!"

"아아, 이거 어떻게 예상해야 하죠? 해적선장, 이즈를 가져간 피닉스 스톰과 나무요정, 카드술사를 가져간 록시 타이거즈! 우위를 가늠할 수가 없습니다!"

베놈 권진욱과 장노철 감독의 머리싸움은 아예 벌어지지도 않은 것 같은 상황이었다.

그러나 이것은 전초전에 불과했다.

서로의 주력 카드가 강한 것은 맞지만 그 힘이 어느 정도인지 가늠이 안 되는 게 정상이었다.

양 팀은 줄곧 좋은 모습만 보여줬고 이번 시즌 맞붙는 최초의 경기였으니 말이다.

적의 카드도 인정할 만하지만 우리 카드도 전혀 꿀릴 게 없다는 생각이 들기 때문에, 자웅을 겨뤄보고 승부가 판가름 났을 때 대책을 세우겠다는 전략이었다.

어쨌거나 한 번은 서로 최고의 무기를 꺼내 들고 제대로 한 번 맞붙어야 한다는 것이다.

그 의도를 알기에 양 팀 선수들의 눈에서 자존심이 일렁이듯 새어나오는 느낌이었다.

말로 표현할 수 없는 투지가 느껴지고 있었다.

경기의 키포인트는 당연히 이즈와 카드술사의 미드 라인 대전이었다.

베놈과 네오맨의 첫 번째 끝장 승부라고 볼 수도 있었다.

경기가 시작되고 초반 라인전부터 엄청난 기세로 싸우는 두 선수였다.

애초에 엄청나게 강력한 라인전 능력을 가진 챔피언들은 아니지만 파일럿에 따라 라인전에서 큰 힘을 발휘할 수 있는 특징을 지닌 챔피언 둘이었다.

그나마 차이점이라면 이즈에게는 준수한 이동기가 있고 카드술사에게는 강력한 CC기가 있다는 정도.

치열하게 싸운 덕분에 승부가 확실히 갈리지 않는 애매한 상황.

이 균형 잡힌 시소를 아군 쪽으로 끌어 내리기 위해 양 팀의 정글러가 움직였다.

◆

정글, 미드 듀오의 싸움으로 커져가는 양상을 보이자 팬들의 의견이 분분하게 갈렸다.

[미드라인 승부를 방해하지 말라!]

[ㅋㅋㅋㅋㅋ 이대로 가면 성장할수록 이즈가 유리함]

[리오진 입장에서는 발등에 불 떨어졌지. 성장 포텐이 이즈가 훨씬 높은데 어떻게든 치고 박고 싸우면서 성장하고 있으니까 졸렬하게 2:1로 싸워보자 이거지.]

[우리의 히든카드 미스터 큐가 가만히 둘 리가 없죠?]

[1:1 싸움이 박빙인 건 이해가 되는데 2:2로 싸우면 피닉스 스톰 압승 아니냐?]

[그러게 미드라인이 호각인데 정글러 기량 자체가 차이 나잖아. 리오진은 미스터 큐에게 비벼볼 레벨이 안 됨.]

[그래도 피닉스 스톰이 스펠이 없다고 봐도 되는 부분이라 괜찮지 않아?]

[그래봤자 카드술사 스펠도 딱히 위협적이지가 않음.]

[이거 2:2도 안 된다고 록시 타이거즈가 느끼는 순간 탑라이너 내려온다 ㅋㅋㅋㅋ 그럼 피닉스 스톰도 따라 내려오겠지 ㅋㅋㅋㅋㅋ 어떻게 가도 록시 타이거즈는 피닉스 스톰한테 안 됨]

[팀원 간의 케미로 극복해라 록시 타이거즈!]

[케미는 피닉스 스톰이 훨씬 좋아 보이는 게 사실.]

[로크 월드 챔피언십을 생각해!]

[그것도 피닉스 스톰이 한 발 더 가까운 게 사실.]

다소 주장하는 입장에 편향된 의견들이었지만 대부분 록시 타이거즈가 해 볼 만하다는 입장과 턱도 없다는 입장이 분분하게 맞서고 있었다.

이 대립을 종식시킬 수 있는 가장 쉬운 방법은 어서 양 팀의 경기 결과가 나오는 것이었다.

양 팀의 대립은 꽤 팽팽했다.

몇 차례 결정적인 장면이 나오기는 했지만 서로 멋지게 탈출해서 살아 돌아가는 모습을 보이며 득점다운 득점이 나오지 않고 있었다.

그 균형을 깨뜨린 것은 바로 베놈 권진욱의 이즈였다.

어느덧 3코어 아이템을 갖춘 이즈가 팽팽한 대치전에서 던지는 신비한 화살이 족족 적의 명치에 꽂혔다.

단순히 게임이고 그래픽이지만 보는 사람의 숨이 턱턱 막힐 것만 같은 압도적인 타격감과 힘을 보여줬다.

대치를 할 수 없으니 선택지는 두 개였다.

제대로 붙어 싸우든지 후퇴하든지.

이건 마치 팀 데몬이 전 시즌 초반을 휩쓸었던 나탈리를 이용한 극강의 포킹 메타를 다시 보는 것 같은 느낌이었다.

조금 다른 점은 그 당시 포킹 조합을 운영하기 위해서는 탱커와 보조 포킹 챔피언이 필요했지만 지금에 와서 그런 모든 것은 사치였다.

포킹 화력은 이즈 혼자서도 그 때보다 더 강력하게 보여줄 수 있었고 탱커가 없어도 전술적인 움직임으로 이득을 찾아 먹을 수 있을 만큼 운영의 질이 높아졌다.

곰곰이 짚어보면 참 재미있는 점이 바로 이런 게임 메타 자체의 변화를 줄곧 이끌어온 게 베놈 권진욱이라는 사실이다.

팬들은 이제 베놈이 보여주는 그런 메타의 선도에 익숙해져 있었다.

하지만 그는 언제나 생각했던 것 이상을 보여주는 선수였다.

매 경기마다 진화하고 있으니까.

[피닉스 스톰! 난적 록시 타이거즈를 상대로 압도적 기량을 선보여!]

[베놈 권진욱. 경기장 가운데 승리의 깃발을 꽂다!]

[78%의 팬들이 이미 베놈이 브레이커를 능가했다고 생각한다는 조사 결과!]

[원하는 챔피언을 가져갔을 때 폭발력을 보여주는 네오맨? 아니, 언제나 폭발력을 보여주는 베놈!]

[피닉스 스톰, ST S이후 최초의 전반기 전승으로 마무리. 이대로 전승 우승 가능?]

등장 이후 지금까지 말도 안 될 정도로 성장한 건 베놈 권진욱 뿐만이 아니었다.

그에게 튜터링을 받은 효과일까?

성장하는 이와 함께 팀원으로 게임을 한 덕분일까?

베놈 권진욱과 한솥밥을 먹는 피닉스 스톰의 모든 선수들이 실력 자체가 지난 시즌과 다른 레벨이 된 것처럼 훌쩍 성장해 있었다.

그 중에서도 특출나게 성장한 두 사람이 있었다.

이미 세계무대인 올스타전에서 포지션 MVP를 수상하며 자신의 포텐셜을 제대로 증명한 미스터 큐는 어엿한 리그 최고의, 세계 최고의 정글러라는 명성을 얻을 만큼 출중한 실력을 보여주고 있었다.

또 한 명의 선수는 바로 팀 데몬에 가장 늦게 합류한 스트리머 출신 프로게이머.

탑 라이너 볼매 강영식이었다.

볼매는 애초에 무난한 1인분이 가능한 선수 정도로 평가받았다.

그러나 해적선장 챔피언 리메이크 이후 완벽하게 달라진 모습을 보여줬다.

베놈 권진욱이 말한 것처럼 이상하게 해적선장이 손에 익은 듯 착착 달라붙었다.

해적선장은 리메이크 이후 아주 다양한 형태로 운영 가능한 챔피언이 되었다.

탱킹 역할을 제외한 모든 역할을 수행할 수 있다고 봐도 과언이 아니었다.

물론, 파일럿의 역량에 따라 그 파괴력은 천지차이였다.

이렇다 보니 자연스럽게 해적선장이 아닌 다른 챔피언을 다루는 것에도 능숙해졌고 게임을 보는 눈이 길러진 볼매 강영식은 성장할 수밖에 없었다.

끈끈한 팀워크로 다져진 강력한 팀원들.

하나의 구단으로 활동하는 이들에게 이보다 더 강력한 힘은 더 이상 필요치 않았다.

♦

전반기를 압도적인 기량으로 끝낸 우리는 쉬지도 않고 거침없이 후반기 일정을 달렸다.

이미 한 번씩 꺾었던 팀들을 다시 만나서 이기는 건 그렇게 어려운 일이 아니었다.

나의 힘으로 모든 것을 이끌었다고는 보기 힘들었다.

이번 시즌 독주의 주역은 팀원들이었다.

팀원들은 새로운 변화에 맞춰 변화하는 능력이 탁월했다.

지난 시즌부터 이어져 온 훈련의 결과가 지금 빛을 발하는 느낌이었다.

스타급 플레이어들이 보여주는 극한의 피지컬이나 운영 능력은 아니어도 극심한 변화에 누구보다 빠르게 적응하는 능력만큼은 발군이었다.

이런 팀원들을 만난 것도 내게는 큰 행운이었다.

내가 기억하는 챔피언 운용방법이나 메타, 조합들을

자유롭게 사용할 수 있는 기반이 마련되었으니 거칠 것이 없었다.

문제는 이제 곧 내가 아는 모든 패치 내용이 끝날 것 같다는 예감이 든다는 것이었다.

나의 등장 이후 빠르게 게임 내용이 읽혀 개발사에서는 패치에 가속화를 시작했고 몇 년에 걸쳐 천천히 공개될 법한 대규모 패치를 고작 반년 사이에 쏟아 부었다.

덕분에 이득은 많이 챙겼다.

기본적으로 나는 다 경험을 해봤던 메타라서 적응하기가 수월했고 우리 팀원들에게는 노하우를 전수했다.

하지만 다른 구단은 상황이 정반대였다.

메타는 계속해서 유행하다가 저물기를 반복하는데 적응할 만 하면 바뀌어 버리니 다른 구단이 쉽게 성적을 유지하는 게 어려운 것이 당연했다.

이제 내가 경험한 메타가 끝나고 새로운 메타가 등장하면 곧바로 다른 구단보다 나은 이점이 사라진다.

나도 동등한 입장에서 게임을 해석해나가야 하는 것이다.

그래도 자신은 있었다.

과거에도 분석과 연구는 항상 나의 몫이었다.

예상되는 새 패치의 등장 시기는 로크 월드 챔피언십 본 시즌이 시작될 즈음이다.

새롭게 도전해야 할 세계 최고의 무대에서 세계 최고의 능력을 보여줘야만 했다.

섬머 시즌 우리에게 남은 경기는 네 경기와 결승전뿐이었다.

크게 실수하지 않는 이상 결승 직행은 거의 확정되었다고 볼 수 있었다.

그만큼 우리 팀원들의 사기는 하늘을 뚫고 드높게 치솟은 상태였다.

서서히 다가올 큰 대회를 준비해야겠다는 생각이 들어 연습 시간을 절반으로 줄였다.

경기도 중요하지만 상황이 좋다보니 다음 차례를 준비할 수 있었다.

연습 시간을 줄여 벌게 된 시간 동안 나는 다시 한 번 역대 로크 리그의 모든 경기를 살펴보기 시작했다.

물론, 대한민국 리그만 확인하는 것이 아니었다.

세계 모든 로크 리그의 경기를 파악해야 했다.

이 중에 내가 얻을 수 있는 정보는 무수히 많았다.

각 구단, 대륙별 플레이 스타일부터 선수 개개인의 성장 동향을 파악할 수도 있었고 여러 팀의 장점과 약점을 정리할 수도 있었다.

나조차 생각지 못했던 새로운 메타나 특이하지만 효율성 좋은 픽을 확인할 수도 있었고 승리를 위해 필요한 크고 작은 요소들을 많이 수집할 수 있었다.

이번 시즌 내가 그토록 원하던 것들을 손아귀에 쥘 수 있을 것만 같은 좋은 예감이 들었다.

♦

피닉스 스톰의 돌풍은 이제 더는 막을 수 없을 지경이었다.

로크 챔피언스 리그 코리아 섬머 시즌.

후반기 정규 시즌 경기를 단 한 경기만 남겨둔 시점까지 피닉스 스톰은 무패 행진을 달렸다.

심지어 후반기에서 비교적 초반에 만난 ST T1, 록시 타이거즈 모두 한 세트도 빼앗지 못한 채 패배를 겪어야만 했다.

이미 피닉스 스톰의 섬머 시즌 결승전 직행은 다른 구단 경기 결과와 상관없이 확정이 난 상태.

결승전에서 우승을 할 수 있느냐 없느냐의 기로에 선 채였지만 또 한 가지 호재는 2시즌 연속 결승 진출에 지난 시즌 우승이었기 때문에 서킷 포인트에서 엄청난 이점을 가져갔다는 점이었다.

이번 시즌 결승은 직행했으니 최소한 준우승 서킷 포인트를 획득하게 되는 셈인데 ST T1이 결승에 진출해 우승하지 않는 이상 로크 월드 챔피언십 직행까지도 바라볼 수 있었다.

오늘 마지막 경기가 끝난 뒤 로크 챔피언스 리그 코리아 섬머 시즌의 플레이오프 결과에서 ST T1이 결승에 진출하지 못하는 순간 로크 월드 챔피언십 진출이라는 말이었다.

모두의 예상처럼 이번 시즌 점점 기울어 부진에 빠져버린 아진 엠파이어와의 경기를 손쉽게 승리로 장식한 피닉스 스톰은 시즌 전승으로 순위표 1위에 자리하며 정규 경기를 마무리했다.

전 세계 팬들은 격동을 잘 이겨내고 제대로 적응한 피닉스 스톰이다보니 그 위용에 어울리는 순위라고 평가했다.

시즌은 이제 일주일의 휴식기를 거치고 곧바로 플레이오프 경기에 돌입했다.

순위표에서 5위까지 목록을 살펴보면 지난 시즌과 큰 변화가 없었다.

[로크 챔피언스 코리아 섬머 시즌]

1위 피닉스 스톰

2위 록시 타이거즈

3위 ST T1

4위 쓰리스타 갤럭시

5위 KTa 롤스터

지난 시즌과 5위까지 이름을 올린 구단의 변화는 없었다.

다만 그들 사이의 순위표가 변했다는 점이 흥미로웠다.

록시 타이거즈의 엄청난 성장세가 순위표에서도 드러날 만큼 눈에 띄었고 지난 시즌에 비해 더 격동적인 시즌이었음에도 ST T1은 안정적으로 상위권 순위를 지켜냈다.

많은 팬들의 바람처럼 엄청난 이변이 아닌 누구나 인정하는 강팀끼리 우열을 가리고 세계 대회에서 대한민국의 위상을 보여줄 수 있는 세팅이었다.

이제 주목할 점은 ST T1이 과연 결승전에 진출할 수 있겠느냐는 것과 ST T1이 우승을 거머쥐면서 피닉스 스톰의 월드 챔피언십 직행을 저지할 수 있느냐에 맞춰졌다.

그 모든 역사를 결정지을 첫 번째 경기.

KTa 롤스터와 쓰리스타 갤럭시의 준 플레이오프 진출을 위한 결정전이었다.

이 경기에서 ST T1과 준 플레이오프를 치르게 될 상대가 결정되는 것이었다.

이왕이면 ST T1과 항상 맞붙었을 때 재미있는 경기를 보여줬던 KTa 롤스터가 진출해서 통신사 라이벌 매치를 통해 즐거운 경기를 보여주길 바라는 팬들이 많았다.

그 염원 덕분일까?

경기 당일 KTa 롤스터 응원석에 ST T1을 응원하는 플랜 카드나 상품을 소지한 팬들이 꽤 많이 보였다.

쓰리스타 갤럭시 선수들은 그것을 보고 더욱 열의를 불태웠다.

◆

플레이오프 경기가 시작되고 선수들의 열의와 팬들의 응원이 그 어느 때보다 더 열정적이었다.

이제부터는 섬머 시즌의 우승권 다툼도 다툼이지만 로크 월드 챔피언십 진출을 위한 서킷 포인트 확보에 혈안이 될 시기라 한 경기, 한 경기가 중요했다.

시즌 순위표에 따라 포인트가 주어지고 그 포인트 여부에 따라 국가대표 선발전의 위치가 정해지다 보니 열정적일 수밖에 없었다.

준 플레이오프 진출을 위한 결정전에 임하는 KTa 롤스터와 쓰리스타 갤럭시의 경기는 치열한 난타전이었다.

두 팀 모두 강팀의 반열에 가까운 기량을 지니고 있었기에 캐리 챔피언 조합으로 화끈한 경기력을 뽐냈다.

경기시간 분당 1.5킬이라는 어마어마한 난타전 끝에 승리를 거머쥔 팀은 반전의 KTa 롤스터였다.

쓰리스타 갤럭시의 성장세에 자꾸 제동이 걸리며 포텐셜

폭발의 문턱에서 한 끗을 넘어서지 못하고 좌절하기를 반복했다.

KTa 롤스터는 압도적이지 않지만 비교적 안정적인 경기력으로 꾸준한 성장세를 유지해 승리를 거머쥐었다.

비록 5위로 진입했으나 짜릿한 승리를 거머쥐고 정식적으로 준 플레이오프 진출 팀이 되었다.

결과가 이렇게 나오자 모든 팬들의 바람이 그대로 이루어졌다.

로크 월드 챔피언십으로 향하는 길목에 선 시점.

중요한 길목에서 ST T1과 KTa 롤스터의 통신사 라이벌 매치가 성사된 것이다.

양 팀이 맞붙으면 대부분 ST T1이 승리한다고 생각하는 팬들이 많았는데 그 중 대부분이 ST T1의 팬들이었다.

실상 따지고 보면 역대 전적은 거의 비슷한 수준이었고 어느 팀이 이기든 경기 내용은 늘 박진감이 넘쳤던 두 팀이었다.

아무래도 전통적인 라이벌 구단이기 때문에 경기에 임하는 선수들의 태도부터 남달랐다.

거기에 더해 포스트 시즌이라는 중압감과 로크 월드 챔피언십을 목전에 두었다는 목표의식까지 더해지자 흡사 모든 스포츠 경기의 한일전을 방불케 하는 분위기가 흘렀다.

여러 전문가들과 팬들은 이번 대전의 키포인트로 브레이커의 활약을 지목했다.

베놈이라는 걸출한 스타와 어느새 이름값을 톡톡히 해내고 있는 네오맨에 밀려 다소 부진한 시즌이 아니냐는 비난의 목소리까지 나오는 상황이라 브레이커의 각성이 더욱 절실한 ST T1의 팬들이었다.

사실 브레이커는 늘 일정 이상의 활약을 보장하고 있었지만 다른 스타들에 비해 다소 무기력한 모습이 몇 차례 연출되어 어울리지 않는 저평가를 당하는 중이었다.

양 팀의 경기가 펼쳐지고 시즌 내내 갖가지 비난 속에서 꿋꿋하게 버텨온 브레이커의 부활에 대한 염원은 그대로 이루어졌다.

첫 번째 세트에서 브레이커는 과감하게 제이드 픽을 꺼내 들었다.

“현 메타에서 가장 유능하다고 평가 받는 챔피언 들은 대부분 글레이브 아이템을 이용한 원거리 포킹 스킬에 중점이 맞춰져 있죠!”

“그렇습니다. 브레이커 선수가 제이드를 선택한 이유이기도 한데요. 제 아무리 포킹 스킬이 위협적이라고는 하나 이렇게 창의적임 암살 플레이에는 당해낼 재간이 없습니다!”

“적의 정글을 마치 제 집처럼 드나들며 곳곳에서 기습적인 매복 플레이를 펼치는 브레이커 선수! 계속해서 득점합니다!"

"아아, You 선수의 이즈가 완전히 망했어요! 벌써 세 번째 죽음입니다. 레벨 차이도 벌어졌고 성장격차는 웬만큼의 시간이 흐르지 않고서야 따라잡기 힘든 수준이에요!"

압도적인 퍼포먼스로 상대를 제압한 브레이커의 제이드는 그 성장기반을 바탕으로 모든 라인의 적 챔피언들을 무참하게 도륙하기 시작했다.

궁극기가 없어도 정글러나 서포터는 마주치는 순간 살아서 도망치는 것을 포기해야 할 정도였다.

이번 시즌 격동의 메타 가운데 브레이커의 성향과 맞는 메타는 없다고 봐도 과언이 아니었다.

기본적으로 슈퍼 플레이가 가능한 고난이도 챔피언이나 피지컬을 요구하는 어그로 핑퐁 챔피언이 성향에 어울리는 브레이커에게 성장을 기반으로 한 후반 캐리형 챔피언들은 손에 익지 않는 것이 사실이었다.

그렇다 보니 계속해서 본인만의 스타일을 찾아내기 위한 노력으로 많은 챔피언을 사용했고 드디어 정착한 포킹형 챔피언들을 상대할 자신만의 방법을 찾은 브레이커였다.

답은 암살형 챔피언의 암살 퍼포먼스!

그리고 비장의 무기도 있었다.

"두 번째 세트! 제이드 카드가 잘려 나가자 브레이커 선수가 과감하게 피이즈 픽을 고릅니다!"

"이번 시즌 들어서 처음으로 강타 스펠을 사용하는 라인 챔피언입니다! 브레이커 선수 최초에요!"

"본래 조커 카드로 종종 쓰기도 했던 피이즈인데요. 강타 스펠을 들었습니다! 드디어 브레이커 선수가 화제의 아이템 마법의 글레이브를 사용하는 모습을 볼 수 있겠네요!"

"피이즈과 글레이브 조합은 이미 베놈 선수가 수차례 보여주며 그 강함을 입증했거든요! 브레이커 선수는 직접 당해본 기억도 있죠! 드디어 꺼내 보입니까!"

경기에 직접 들어가자 역시나 브레이커의 피이즈가 날뛰기 시작했다.

그러나 완벽하게 베놈의 것을 모방했다고 볼 수는 없었다.

피이즈와 마법의 글레이브 조합은 베놈이 보여줬으나 성장과 운영 방향에서 브레이커는 완벽하게 자신의 것으로 재해석해서 보여주었다.

"베놈 선수가 보여줬던 피이즈와는 완벽하게 다른 극한의 대미지를 뽑어내는 암살자형 성장이고 거기에 걸맞은 운영을 보여줍니다."

"그렇죠. 베놈 선수는 다소 수비적인 아이템을 섞어 주거나 쿨타임 감소 아이템을 빠르게 갖춰 재간둥이 스킬을 빠르게 돌리는 것으로 생존과 어그로 핑퐁을 도모하는 운영 형태를 보여줬죠. 글레이브가 함께 하는 이상 대미지가 부족하지 않다는 결론으로 보여준 운영입니다."

"반면에 브레이커 선수가 보여준 해석은 완벽한 암살자입니다. 적을 먼저 녹여 없애서 내가 살아남는 방향으로 생존 전략을 선택한 것 같죠?"

"확실히 브레이커 선수의 운영 스타일에는 훨씬 잘 맞는 해석입니다. 1% 아쉬운 대미지로 적을 잡아내지 못하고 돌려보내는 경우가 없어지죠."

완벽한 암살자로 다시 태어난 브레이커의 피이즈는 KTa 롤스터가 회심의 카드로 들고 온 덩치 조합에 맞서 탱킹 자체가 불가능하다는 것을 뼈저리게 보여주었다.

KTa 롤스터 입장에서는 억울할 만도 했다.

탑에 나무요정, 정글에 그라카스, 서포터로 브라운을 전략적으로 가져와 매서운 돌진과 끈질긴 유지력으로 한타를 휘어잡는 조합을 준비했는데 브레이커의 극단적인 세팅을 견디지 못하고 무너져야 했다.

필살기로 준비한 카드가 허무하게 파훼된 것이다.

KTa 롤스터 팬들은 아쉽게 이번 시즌 우승권의 꿈을 여기서 접어야 했지만 다른 팬들은 ST T1의 화려한 복수와 피닉스 스톰의 단독 질주 저지를 꿈꾸며 응원의 열기를 더했다.

그러기 위해서 ST T1은 록시 타이거즈라는 산을 넘어야 했다.

양 팀은 시즌 전반기, 후반기에 한 차례씩 총 두 번 만나 똑같이 2:1 스코어로 승리를 거두며 1승 1패를 기록 중이었다.

이번 시즌 완벽하게 호각이라고 볼 수 있는 성적표였다.

록시 타이거즈가 승리를 가져갈 때 네오맨의 포지션은 탑이었고, 패배를 기록했을 때의 포지션은 미드라인이었다.

그래서 이번에 두 팀이 맞붙는다면 네오맨이 어느 포지션으로 등장할지 관심이 가는 부분 중 하나였다.

나흘의 시간이 지나 드디어 로크 챔피언스 리그 코리아 섬머 시즌의 포스트 시즌 플레이오프 경기!

록시 타이거즈는 시즌 우승과 로크 월드 챔피언십 선발전의 유리한 고지 선점을 위해, ST T1은 왕좌를 되찾기 위해 모든 것을 쏟아 내야 할 때가 다가왔다.

이번만큼은 그 누구도 어느 한 팀의 압도적인 승리를 예언할 수가 없었다.

너무나도 다른 스타일의 양 팀이었고 보여준 강력함 또한 호각이었으며 이미 맞붙어 나온 결과 자체도 박빙이었으니 쉽게 예상할 수 없는 것이다.

록시 타이거즈는 주로 전통적인 밸런스 조합을 중심으로

소수의 조커 카드를 운영하는 방식에 더해져 네오맨의 포지션과 주어진 챔피언에 따라 역량이 크게 높나드는 팀이었다.

반면에 ST T1은 메타와 정반대라고 할지라도 선수들의 가장 자신 있는 챔피언을 중심으로 조합의 밸런스에 얽매이지 않는 자유로운 운영을 보여주었고, 브레이커 이상현의 활약 여부에 따라서 경기력이 좌우되는 경향이 있었다.

이윽고 경기의 뚜껑이 열렸을 때 모든 팬들이 환호했다.

밴픽이 끝나 완성된 양 팀의 조합은 온통 전략적인 카드 투성이었다.

"록시 타이거즈! 카우스타와 야소, 수도승 조합으로 완벽하게 미드라이너 중심의 조합을 완성시킵니다! 다른 사람도 아니고 브레이커를 상대로 야소를 꺼내듭니다!"

"소나무 메타의 핵심 카우스타와 언제나 1티어 정글러인 수도승이 야소를 잘 보좌해줄 수 있겠죠? 네오맨 선수가 정글러로 출전했고요. 가장 자신 있게 다루는 수도승을 가져갔습니다. 두 팀이 시즌에서 맞붙었을 때 네오맨 선수가 정글러로 출전한 경기는 없거든요? 처음입니다."

"반면에 ST T1의 조합은 평범해 보일 수 있지만 역시나 전략적인 픽 하나가 있죠?"

"예, 브레이커 선수! 다시 한 번 피이즈를 꺼내 들었습니다! 야소와 피이즈의 캐리력 싸움이 될 것 같은 느낌이 강하게 듭니다!"

누가 뭐라고 해도 경기의 키포인트는 피이즈와 야소의 대결이었다.

그러나 간과할 수 없는 부분이 있었으니….

바로 네오맨이 대 ST T1전에서 최초로 정글러 출전을 했고 본인이 원하는 픽을 쥐었다는 것이었다.

네오맨의 수도승은 다른 정글러 선수들의 운영과 정반대의 성향을 보였다.

완벽하게 공격적인 아이템을 장착하면서 후반 유통기한을 최대한 없애겠다는 다소 리스크를 안고 가는 운영을 보여주었다.

대부분 탱킹형으로 성장시키는 모습과 정반대인 것이다.

그러나 공격적인 아이템으로 무장한 수도승은 미드라이너나 원딜러를 단독으로 마주쳤을 때 암살해버리고 살아 돌아가는 등 멋진 모습을 많이 보여주기도 했다.

한 개의 키포인트와 한 개의 큰 변수.

양 팀 첫 번째 경기의 한줄평이었다.

경기가 시작되고 라인전을 시작한 양팀 선수들은 끊임없이 싸웠다.

적의 캐리력을 조금이라도 늦추거나 낮추기 위해서는 소규모 교전을 일으켜 소소한 이득을 쌓아 나가는 수밖에 없었다.

피이즈는 웬만한 미드라이너를 상대로 초반부터 매우 안 좋은 모습으로 성장을 해야만 하는 핸디캡이 있었는데 야소를 상대할 때는 달랐다.

야소와는 1레벨부터 컨트롤 여부에 따라 제법 싸움이 되는 상성을 지니고 있었다.

그렇게 록시 타이거즈 미드라이너 크로와 ST T1의 미드라이너 브레이커가 진검승부를 펼치던 2레벨 타이밍!

치열하게 검을 휘두르고 창을 휘두르는 두 챔피언 사이에 전투병이 하나씩 쓰러져 가는데 좀처럼 어느 한 사람 포기하지 않았고 결국 라인에 두 챔피언만 남았을 시점 끝장 승부가 펼쳐졌다.

야소는 계속 사거리를 유지하며 검을 찔러 넣으려 했고 피이즈는 계속해서 움직이며 가까이 붙어 도트 대미지를 넣으려고 했다.

화려한 컨트롤 싸움이 몇 차례 지나간 끝에 아슬아슬한 체력만 남긴 두 챔피언 중 하나가 쓰러졌다.

챔피언이 쓰러지는 타이밍이 약간 직관적이지 못했다.

정말 서로 죽기 직전까지 싸워 누구라도 기본 공격 한 대만 더 때려 넣으면 킬 포인트를 가져올 수 있는 상황이 되어서야 뒷걸음질 치는 모습이었다.

아무래도 킬 포인트를 먹고 성장하면 말릴 수 없는 두 챔피언이기에 확신이 없는 승부를 피하려는 모습이었다.

그렇게 야소와 피이즈가 서로 뒷걸음질을 쳐 거리가 벌어지는 상황인데 킬 포인트가 발생한다?

한 가지 가능성밖에 없었다.

"아아! 야소의 패시브가 아슬아슬하게 발동되지 않으면서 피이즈 스킬의 독 대미지를 견디지 못하고 쓰러집니다!"

"또 하나 불행이 겹쳤죠! 처리하지 못하고 남은 한 마리의 원거리 전투병 공격까지 들어갔습니다. 크로 선수 억울하죠! 독 대미지 계산까지 한 것처럼 보이는 움직임이었는데요."

"어엇! 피이즈도 체력이 아슬아슬한 상황인데요! 네오맨 선수의 수도승이 뒤로 돌아 접근합니다!"

네오맨은 기회를 포착하자 놓치지 않으려는 듯 신속하게 움직였다.

브레이커의 피이즈는 본진으로 귀환을 위해 포탑 뒤로 붙어 있는 상태였다.

네오맨이 잡을 것인가 브레이커가 귀환에 성공할 것인가.

아슬아슬한 타이밍을 놓고 보니 포탑의 존재로 인해 네오맨의 음파 스킬 적중 여부에 따라 킬 포인트가 갈릴 상황이었다.

그 때, 네오맨의 수도승이 와드방호 콤보로 피이즈의 뒤편으로 진입했다.

이미 혈전을 치른 피이즈의 체력은 빈사상태였고 마나마저 메마른 상황.

하지만 애매하게 거리를 벌리며 이득을 취한 덕분에 점멸 스펠은 살아 있었다.

네오맨이 즉시 음파 스킬을 쏘았다.

팟!

귀신과 같은 타이밍에 점멸로 사라진 브레이커의 피이즈!

하지만.

“아아! 예측 샷! 네오맨 선수가 점멸을 예측하고 아예 엉뚱한 방향으로 음파 스킬을 날렸습니다!”

“적중했어요!”

“네오맨의 센스 넘치는 슈퍼 플레이!”

“수도승은 킬 포인트를 올리고 유유히 살아 돌아갑니다! 이렇게 되면 킬 스코어를 교환하게 됩니다!”

벽을 사이에 둔 포지션에서 점멸을 예측하고 스킬을 날리는 대범함이 제대로 적중했다.

만에 하나 실패했더라면 포탑의 존재로 인해 점멸 스펠만 날려버리면서 피해를 중첩시키는 결과가 되었을 것이다.

“크로 선수와의 일기토에서 아슬아슬하게 승리를 거둔 브레이커 선수를 곧장 네오맨 선수가 처단합니다.”

“균형의 수호자 네오맨! 절대 승기를 먼저 넘겨주지는 않겠다는 의지가 가득합니다.”

“그래도 킬 포인트를 직접, 그것도 퍼스트 블러드로 가져간 브레이커 선수가 아이템 빌드에서 성장이 더 좋을 겁니다. 이제 네오맨 선수는 미드라인을 적극적으로 봐주거나 크로 선수가 숨어 지내는 수밖에 없습니다.”

일반적으로 예상할 수 있는 시나리오였다.

그러나 록시 타이거즈 선수들의 호흡과 운영방법은 그 예상의 틀을 뒤엎었다.

“크로 선수가 더 과감하게 전진합니다? 위험하지 않나요?”

“그렇습니다. ST T1의 정글러 장병기 선수가 근처를 배회하고 있어요.”

“반면에 네오맨 선수 동선은 바텀 지역을 향하는데요?”

야소라는 카드를 고른 순간 따라오는 운명이라 해야 할까?

캐리력을 보여주지 못한다면 고르지 않으니만 못한 챔피언이 바로 야소와 같은 퍼포먼스형 챔피언이었다.

크로는 계속해서 성장의 발판을 마련하기 위해 공격적인 플레이를 감수했다.

그렇게 위험에 노출된 순간 장병기와 브레이커 콤비가 득달같이 달려들었다.

크로는 맵에 장병기의 모습이 보이는 순간 일말의 망설임도 없이 뒤쪽 방향으로 점멸을 사용해 빠져나갔다.

오히려 첫 전투에서 점멸도 사용하지 못한 채 죽은 것이 이득이 되는 상황.

턴이 넘어갔다 싶은 순간 네오맨이 움직였다.

"미드라인의 상황이 깔끔하게 넘어가고요! 네오맨 선수가 미련 없이 바텀으로 달립니다!"

ST T1의 바텀 듀오는 모든 스펠을 다 들고 있었지만 위협적인 빅 웨이브와 함께 다이브 압박까지 느껴지는 상황이라 아예 뒤쪽으로 빠져나갈 생각으로 움직였다.

그 순간 그려지는 파란 빛의 기둥!

바텀 듀오 후방에 어느덧 도달한 네오맨의 수도승이 와드를 설치했고 그곳으로 탑 라이너 츠멥이 텔레포트 스펠을 사용했다.

순식간에 포위된 형태로 4:2의 압박까지 느끼게 된 ST T1은 방어를 위해 바텀으로 집결했다.

탑 라이너가 텔레포트를 함께 사용했고 미드라인에서 만났던 장병기와 브레이커의 챔피언들도 바텀으로 향했다.

그 순간.

빛줄기가 멈췄다.

츠멥의 순간이동이 취소된 것이다.

순식간에 판을 엎는 판단을 내린 록시 타이거즈 선수들은 일사분란하게 움직였다.

네오맨의 수도승은 퇴각했고 미드라인에서 눈치를 보던 크로의 야소가 탑으로 움직이기 시작한 게 벌써 한참 전이었다.

순식간에 바텀에 다섯 명을 몰아넣고 탑 라인을 두드리는 록시 타이거즈!

ST T1 선수들은 울며겨자먹기 형식으로 모인 김에 뭐라도 해야만 하는 상황에 처했고 그들의 판단은 드래곤을 사냥하는 것이었다.

바텀 지역의 숫자가 5:3으로 유리하니 무난하게 탑 포탑과 드래곤을 교환하는 그림이었다.

록시 타이거즈 선수들은 그것을 마냥 지켜보고만 있지 않았다.

드래곤 둥지 뒤편에서 호시탐탐 기회를 노리던 네오맨이 드래곤의 체력 상황을 살피며 따라붙었다.

"네오맨 선수! 스틸에 최적화된 정글러 수도승을 잡고 있습니다! 스틸 시도 갑니까! 가나요!"

ST T1 선수들은 네오맨의 스틸 시도를 면밀하게 살피며 딜을 조절하고 있었다.

그러나.

애초에 이런 플레이를 노리고 있었다고 말하듯 네오맨은

유유히 드래곤 둥지 안으로 달려들었다.

번쩍이는 불빛!

강타 스펠을 사용하는 네오맨과 장병기!

드래곤이 죽는 순간 전장에 알림 메시지가 떠올랐다.

[파란 팀! 수도승이 드래곤을 사냥했습니다!]

잠깐 상황이 어떻게 돌아갔는지 파악이 안 될 만큼 순식간에 벌어진 일!

전장 알림을 확인한 해설진과 팬들이 동시에 함성을 내질렀다.

우와아아아아아아아아아아아아!

태연하게 스틸을 성공한 네오맨은 직전에 소비한 점멸로 인해 ST T1 선수들의 손아귀에서 빠져나오지 못한 채 장렬하게 전사했다.

"네오맨 선수가 아슬아슬한 타이밍에 진입해서 드래곤 스틸을 성공시켰습니다!"

"킬을 내어주기는 했지만 이건 무조건 록시 타이거즈 선수들의 이득입니다. 이것 보십시오! 탑 포탑까지 파괴됩니다!"

"운영의 우선권을 록시 타이거즈 선수들이 쥐었습니다!"

초반부터 크게 이득을 굴린 이들의 플레이를 본 이형우 해설이 감탄을 내뱉었다.

"이제야 알겠습니다. 크로 선수의 야소가 다소 불리한 상황에서 공격적인 플레이를 펼쳤죠? 분명히 팀의 콜이 있었을 텐데 네오맨 선수의 동선이 이해가 안 됐어요. 이제 알겠네요. 애초에 이 모든 상황을 가정하고 판을 짠 겁니다."

"조금 풀어서 설명해주시죠."

"크로 선수가 미끼가 되었다고 생각하면 편하겠죠? 적의 정글러를 미드라인으로 불러들이고 바텀라인에 다이브 압박을 넣어서 동선을 강제한 다음 비어 있는 탑을 노리는 플레이까지 물 흐르듯 이어졌습니다."

"크로 선수의 야소가 미련 없이 점멸을 써버린 것이 그렇게 보면 설명이 됩니다."

"거기다가 드래곤은 스틸에 성공하면 좋고 아니면 말고. 이런 마인드였을 텐데요. 성공까지 시켜버렸어요. 사실 드래곤을 그냥 내어줘도 탑 라인 포탑을 밀었으면 운영 주도권은 가져갈 수 있거든요."

귀에 쏙쏙 들어오는 명품 해설이었다.

장노철 감독의 성향이나 그의 전략을 잘 알고 있는 이형우 해설이기에 더 빠르게 눈치 챌 수 있었던 플레이.

이런 고도의 전략으로 운영 주도권을 쥔 록시 타이거즈는 플레이에 더 힘을 실었고 거침없이 몰아붙였다.

ST T1에게 숨 쉴 틈을 만들어주면 언제 반격을 당할지 모른다는 생각에 빡빡한 운영을 준비해왔다.

탑 라인 포탑을 밀어버린 주도권을 바탕으로 탑 라인 시야를 완벽하게 장악한 록시 타이거즈는 윗 라인 동선을 주로 이용해 탑과 미드라인 후방에 엄청난 압박을 가했다.

자연스럽게 탑 라이너는 성장에 제동이 걸렸고 좋은 출발을 보였던 브레이커의 피이즈도 다소 소극적인 플레이를 할 수밖에 없었다.

ST T1 선수들의 활동반경과 시야가 좁아질수록 록시 타이거즈 선수들의 활동반경과 시야는 당연히 넓어지는 것이 인지상정이었고 그럴수록 나눠먹는 자원의 양은 격차가 벌어지게 되었다.

탑 클래스 선수들 사이의 경기에서 벌어진 격차를 메우는 일이란 여간 힘든 일이 아니었다.

적어도 브레이커와 같은 기량의 선수가 한 명은 더 있어야 역전의 발판을 노려볼 만 했는데 브레이커 한 명 뿐이니 그가 아무리 발버둥 쳐봐야 비슷한 기량의 네오맨에게 번번이 가로막힐 뿐이었다.

록시 타이거즈는 승기를 잡았다고 판단한 순간부터 한

번도 쉬지 않고 거칠게 몰아붙였고 결국 승리를 거둘 수 있었다.

충격적인 패배를 당한 ST T1의 팬들은 한동안 아무런 소리도 내지 않고 그 자리에 가만히 앉아 있었다.

이대로 절대군림의 역사가 정말로 깨져버리는 걸까?

눈엣가시 같은 피닉스 스톰의 독주를 막아낼 유일한 팀인데도 불구하고 이렇게 허무하게 우승의 꿈을 접어야 하는 걸까?

전승우승이라는 경악할 만한 역사를 썼던 바로 그 팀이 이렇게 허무하게 타이틀을 넘겨주고 사라지는 걸까?

불현 듯 한 번도 겪어보지 못한 걱정을 극심하게 겪고 있는 자신을 바라보며 이대로는 안 되겠다 싶었던지 한 팬이 벌떡일어나 소리쳤다.

"이대로 왕좌를 정말 포기할 셈이냐!"

그 목소리는 2경기를 준비하기 위해 대기실로 돌아가던 선수들에게 그대로 울려 퍼졌다.

방송 화면은 광고로 넘어간 시점이라 현장의 팬들만 보고, 들을 수 있는 상황이었다.

한 사람의 선창이 같은 걱정을 하던 모두를 일깨워 준걸까?

팬들이 저마다 소리치기 시작했다.

"몸이 안 풀렸으면 대기실에서 손을 더 풀어야지!"

"지난 시즌에도 봐줬더니 이번 시즌에도 하룻강아지들한테 물어뜯길 거야? 그런 거냐고!"

"듣보잡 팀 록시 같은 거 부숴버리고! 피닉스 스톰에게 복수해야 하지 않겠냐!"

"결승전도 못 가면 너희 체면이 어떻게 되겠어!"

"이번 시즌도 결승 못 가면 은퇴하겠다고 선언이라도 하던가! 이대로 정말 져버릴 거야? 이 자식들아!"

몇몇 저돌적인 팬들의 고함이 한 차례 경기장을 휩쓸고 잠깐의 정적이 흘렀다.

질책 섞인 팬들의 아우성에 대기실로 향하던 ST T1 선수들의 발걸음이 살짝 멈췄다.

임정균 코치가 선수들을 추슬러 돌아가려는 그 때.

관객석에서 모든 팬들이 목 놓아 외치기 시작했다.

ST T1! ST T1! ST T1! ST T1! ST T1! ST T1!

수 십 번의 한국 리그, 몇 차례의 세계대회.

그 중에서도 역사적이었던 작년 로크 월드 챔피언십 현장에서도 늘 선수들에게 힘을 주었던 그 구호였다.

ST T1! ST T1! ST T1! ST T1! ST T1! ST T1!

팬들의 염원이 담긴 구호를 듣고 움직인 것은 브레이커 이상현이었다.

그는 대기실로 향하는 길목에서 관객성 방향으로 돌아 서더니 눈을 감고 크게 숨을 들이 쉬었다가 가볍게 내뱉었다.

◆

우리 팀과 겨루게 될 결승 상대가 정해지는 경기였다.

팀원들과 둘러앉아 경기를 보는 내내 록시 타이거즈와 ST T1은 엎치락뒤치락하며 모든 것을 쏟아내고 있었다.

"아니, 록시 타이거즈 경기 운영이 너무 변칙적인 거 아니냐? 왜 저렇게 잘 틀어? 미쳤네, 진짜."

"죄다 휘둘리고 있는데 저렇게 버텨내는 ST T1도 진짜 괴물 같다."

"브레이커는 확실히 미친놈이야. 다른 애들은 전부 갈리고 있는데 멱살 잡고 끌어 올리면서 버티는 거잖아."

"아슬아슬한데 누가 이기려나?"

"딱 봐도 그냥 록시 운영이 너무 좋지 않은가? ST T1이 어려워 보이는데? 흠…."

"그래도 브레이커가 미친 듯이 잘 커서 록시 타이거즈가 한 두 번만 잘려도 어떻게 될지 몰라."

팀원들이 저마다 게임을 살피며 경기 결과가 어떻게 될

까 분분이 의견을 주고받았다.

나는 늘 그렇듯 한 마디도 입을 열지 않은 채 경기에만 집중했다.

쭉 이어오던 과거 경기들 훑어보기로 인해 극도로 예민해진 운영과 경기흐름을 읽는 눈이 날카롭게 경기를 훑었다.

어째서인지 두 번째 세트에 브레이커는 분노에 가득 찬 듯 각성한 상태로 전투적인 경기를 펼쳤는데 그저 그의 역량이 너무 뛰어났기에 경기가 후반까지 접어들었을 뿐.

결국 승리를 가져가는 건 록시 타이거즈가 될 것 같았다.

시시각각 방향을 전환하는 기상천외한 운영 방법.

무서운 점은 변칙적이지만 일련의 과정이 늘 물 흐르듯 이어지고 있다는 점이었다.

지금껏 보지 못했던 독특한 운영방법이었다.

이런 특급 전략을 만들어낼 사람이 누군가?

장노철 감독 이외에 딱히 떠오르지 않았다.

왠지 이번 결승전 역시 그와의 보이지 않는 싸움이 될 것만 같은 기분이 들었다.

◆

[팬들의 자극! 분노한 브레이커!]

[경기준비 시간에 무슨 일이?]

[브레이커의 각성을 이끌어낸 현장 관객들!]

[정점의 사나이 또 한 번의 각성과 또 한 번의 진화!]

[이대로 무너질 ST T1이 아니다. 그들의 절치부심.]

[원 맨 쇼! 한 사람의 영향력이 어디까지 커질 수 있나?]

플레이오프 두 번째 경기가 끝나고 각 커뮤니티 사이트 메인을 장식한 경기 기사의 제목들.

현장에서 각성한 브레이커의 압도적인 캐리력으로 힘든 경기를 간신히 뒤집어버린 ST T1이 세트 스코어 1:1을 맞추며 마지막 세트를 남겨둔 상황이었다.

때로는 경기에 패배했을 때 비난의 소리를 내던 팬들이었을지라도 이런 간절한 상황에서는 엄청난 응원을 보내주는 이들이기도 했다.

그 계기로 각성한 브레이커를 앞세워 연승을 거두며 결승전으로 가는가 싶은 상황.

이미 승리의 맛을 본 ST T1이 록시 타이거즈를 꺾고 이기는 그림을 많은 이들이 그리고 있었다.

하지만 그들은 장노철 감독의 진정한 무서움을 알지 못했다.

양 팀이 결승 자리를 두고 벌이는 마지막 경기.

장노철 감독은 네오맨을 정글러에서 미드라이너로 교체

출전시키는 수를 두었다.

변칙적인 운영방법을 구사하며 선취점을 가져갔던 록시 타이거즈에 또 한 번 변수 창출을 위한 전략이 구사된 것이다.

세 번째 세트가 시작되고 키포인트로 지목된 미드라이너 싸움은 너무나도 클래식하게 결정되었다.

네오맨의 카샤딘과 브레이커의 오리안나.

두 챔피언 모두 무난하지만 현재 메타와는 동떨어진 챔피언으로 평가받고 있었다.

구도 자체는 1:1 싸움에서 카샤딘이, 5:5 전투에서 오리안나가 더 유리한 특성을 지니면서도 압도적인 상성이 작용하지 않는 형태였다.

초반 라인전은 역시나 팽팽했다.

세 라인과 정글러까지 모든 선수가 안정적인 플레이를 최우선으로 무난하고 조심스럽게 성장을 도모했다.

팬들이 지켜보기에 가장 지루한 파밍형 싸움이었지만 경기의 중요도가 큰 만큼 이후 벌어질 거대한 스케일의 운영과 한타를 기대하는 마음이 더 컸다.

그 와중에도 가장 이목이 집중된 것은 미드라인으로 교체되어 출전한 네오맨의 활약상이었다.

그가 얼마나 브레이커의 캐리력을 묶어두느냐에 따라서 록시 타이거즈의 변칙적인 운영이 빛을 발할 수 있기에 어깨가 무거울 거라 생각했다.

하지만 말 그대로 변칙적인 운영을 구사하기 시작한 록시 타이거즈였다.

모두의 예상이 그대로 적중한다면 당연히 상대하는 SKT T1 선수들도 예상하고 있을 것이었다.

네오맨의 카샤딘은 철저하게 브레이커와의 상대를 피했다.

오히려 1:1 구도에서 6레벨 이후 더 유리한 상성을 지니고 있음에도 불구하고 노골적인 로밍과 큰 활동 폭을 가지고 마치 미드라인 정글러와 같은 움직임을 선보였다.

브레이커는 선택해야 했다.

카샤딘을 따라다니며 로밍 플레이를 커버할 것인지, 미드라인을 우직하게 밀면서 라인에 손해를 입힐 것인지.

뚜렷한 장단점이 있는 선택의 기로에서 브레이커는 자신의 성장을 도모하는 것으로 가닥을 잡았다.

카샤딘의 로밍 타이밍 마다 팀원들에게 콜을 해주는 것 정도가 그들을 돕는 전부였고 묵묵하게 미드라인의 전투병과 근처 정글 몬스터를 사냥하며 성장을 도모했다.

두 번째 세트를 자신의 압도적인 캐리력으로 가져왔으니 이번 경기도 마찬가지로 자신의 캐리력을 마음껏 뽐낼 수 있는 기반을 마련하려는 의도였다.

록시 타이거즈는 그런 브레이커의 움직임을 전혀 신경 쓰지 않았다.

오히려 그런 선택을 할 거라 예상했다는 듯 더욱 로밍과 갱킹에 힘을 실어 탑 라인과 바텀 라인을 뭉개기 시작했다.

맵의 정 가운데를 가로지르는 미드라인을 거치지 않고 탑과 바텀을 오가는 것 자체가 쉬운 일이 아니었다.

시야에 대한 제한도 있었고 대규모로 움직이면 반드시 걸리기에 유효 로밍이나 갱킹이 어려웠다.

그러나 록시 타이거즈는 마치 그런 상황을 돌파할 방법으로 카사딘을 골랐다는 듯 기동력이 좋은 정글러 수도승과 함께 적의 시야를 교묘하게 피하는 벽을 넘는 동선으로 탑과 바텀을 오갔다.

총 네 번의 라인 개입에서 록시 타이거즈가 거둔 포인트는 네 개의 킬 포인트와 바텀 포탑이었다.

ST T1의 탑, 정글, 원딜, 서포터를 모두 한 번씩 잡아내는 성과로 네 개의 킬 포인트 중 무려 세 개를 네오맨의 카사딘이 가져갔다.

덤으로 바텀 포탑까지 파괴시켰기에 다시 변칙적인 운영이 시작될 수 있는 기반을 마련했다.

그러는 중에도 브레이커는 꿋꿋하게 성장했고 미드라인 포탑을 먼저 파괴할 수 있었다.

사실 1차 전진 포탑의 중요도로 치자면 미드라인 포탑의 가치가 훨씬 큰 게 사실이지만 사이드라인을 운영할 수 있다는 측면에서 록시 타이거즈도 손해는 아니었다.

엇갈린 선택의 상황에서 무사히 게임은 중반을 지나고 있었고 이제 본격적으로 양 팀이 움직여야 할 시간이었다.

ST T1은 잘 성장한 브레이커의 캐리력을 앞세워 승리를 거머쥐어야 하고 록시 타이거즈는 기반을 유지하며 지속적인 운영으로 승리를 노려야하는 상황이었다.

록시 타이거즈는 계속해서 변칙에 변칙을 거듭했다.

일반적이라면 사이드라인을 밀어 넣으며 라인 이득을 취하고 적의 움직임을 제한해 오브젝트를 하나씩 챙겨가는 운영이 주로 이어졌을 테지만 그들은 인원 배분을 자유롭게 돌리며 미드라인을 압박하는 움직임도 여러 번 보여주었다.

주로 그들이 공략하는 라인은 브레이커의 오리안나가 도달하기 힘든 거리의 지역이었다.

자연스럽게 오리안나의 성장은 더욱 가속화 되었고 록시 타이거즈의 운영 이득도 더욱 더 커졌다.

사실 게임 양상이 이렇게까지 극단적인 방향으로 흐르는 경우는 거의 없다고 봐도 될 정도였는데 서로의 장점을 극대화 시킨 다음 한 번의 싸움으로 모든 걸 끝낼 수 있는 능력을 지닌 팀들이기에 시간은 흐르고 흘렀다.

게임이 후반에 접어들면서 건물을 부수는 속도나 대형 오브젝트를 사냥하는 속도가 급격히 빨라질 즈음 드디어 양 팀이 승부수를 걸었다.

운영을 앞세운 록시 타이거즈는 크래셔 남작을 사냥하고 빠져나와 마지막 남은 억제기를 모두 밀어 넣은 다음 게임을 끝낼 심산이었고 브레이커의 캐리력을 바탕으로 한타에서 우위를 점할 ST T1은 크래셔를 사냥하는 록시 타이거즈의 뒤를 덮쳐 게임을 끝낼 생각이었다.

이윽고 크래셔 남작 앞에서 펼쳐진 양 팀의 첫 번째 5:5 대치전!

끝끝내 버티고 버티며 싸움을 피할 수 없는 상황을 만들어버린 ST T1이 훨씬 우세한 고지를 점하고 있었다.

무난하게 흘러간다면 결국 전투에서 대패한 록시 타이거즈가 승기를 잡고 질질 끌다가 역전 당하는 그림인 것이다.

록시 타이거즈에게 희망은 단 하나 뿐이었다.

한타 시작과 동시에 어떻게든 브레이커를 끊어 내는 것.

브레이커의 압도적인 힘 때문에 무서운 것이지 다른 구성원은 크게 위협적이지 않았다.

브레이커가 죽으면 한타는 그대로 끝나는 것이나 다름없었다.

더구나 게임이 후반까지 접어들었기에 한 번 죽으면 다시 부활하는데 오랜 시간이 필요했다.

록시 타이거즈는 협곡을 두고 탑을 오가며 사냥을 포기하고 다시 운영으로 돌아가는 척 ST T1이 움직이면 몰래 모여서 사냥을 노리는 등 지속적인 줄다리기를 했다.

찰나의 틈이라도 만들어지면 순식간에 사냥하고 빠져나갈 생각이었다.

ST T1은 결코 그런 틈을 만들어주지 않겠다는 듯 열심히 시야를 장악하는 것에 여념이 없었다.

긴장감이 넘쳐흐르는 대치가 지속되는 상황.

풀템 파밍을 끝마친 브레이커의 오리안나가 더 이상 전투병을 수급하는 것이 팀에 득이 되지 않게 되자 라인 클리어를 원딜러에게 맡기고 크래셔 견제를 오리안나가 담당하는 시점이 되었다.

원딜러가 미드라인으로 빠져 있고 정글러와 서포터가 시야 장악을 위해 흩어진 상황.

브레이커의 오리안나는 협곡을 배회하며 이곳저곳 스킬을 던지고 있었다.

바로 이 순간을 기다려왔다는 듯 록시 타이거즈의 수도승이 부리나케 달려들었다.

곧장 적의 팀원들이 합류하겠지만 순식간에 오리안나를 잡아낼 수만 있다면 결코 무리한 플레이가 아니었다.

벽 너머에서 달려든 수도승은 곧바로 와드 방호 콤보를 이용해 오리안나와 거리를 좁혔고 눈 깜짝할 새에 점멸까지 사용해 오리안나의 뒤를 잡았다.

궁극기로 아군이 합류하는 방향에 던져 넣을 생각!

하지만 순간적인 피지컬이 극에 달한 상태에서 한 번 더 각성한 브레이커의 뒤를 잡는 일이 그렇게 시나리오대로 흘러갈 리가 없었다.

파앗!

예상이라도 했다는 듯 궁극기 시전 타이밍 직전에 점멸을 사용하는 브레이커의 오리안나!

아무도 눈치 채지 못한 사이 챔피언의 몸 주변으로 희미하게 공기가 일렁거렸다.

퍼엉!

오리안나의 궁극기 충격파!

순식간에 점멸로 들러붙은 수도승에게 충격파를 적중시킨 브레이커의 오리안나가 재빨리 스킬을 쏟아 부었다.

진작 풀템을 모두 뽑은 오리안나의 파괴력이라는 것은 아이템을 둘둘 두른 탱커 챔피언도 감당하기 어려운 것이었다.

순식간에 스킬 콤보를 모두 맞은 수도승은 방호와 점멸까지 모두 날려버린 상태로 도망치지도 못한 채 아이스크림처럼 녹아내렸다.

정글러를 잡아낸 ST T1에게 또 선택지가 더 있을까?

팀원들이 순식간에 모여 크래셔 사냥을 시작했다.

크래셔 남작이 녹는 속도가 빠른 시간대!

록시 타이거즈가 선택할 시간이 돌아왔다.

정글러가 없으니 스틸도 힘들고 숫자가 부족하니 한타도 안 될 것 같은 상황.

남은 것은 백도어뿐이었다.

본진을 비우고 대형 오브젝트 사냥에 열중인 ST T1 선수들을 뒤로한 채 적의 본진으로 달려가는 것이다.

이미 억제기도 한 번 밀렸던 적이 있어 그 앞을 막아줄 어떠한 구조물도 없는 적진이라 입성하는 것은 어렵지 않았다.

억제기 하나와 최후의 쌍둥이 포탑 두 개. 그리고 마지막 넥서스.

이렇게만 파괴하면 승리를 거머쥘 수 있었다.

정글에 박힌 와드로 록시 타이거즈의 백도어 판단을 확인한 ST T1 선수들도 흩어져 움직이기 시작했다.

29장. 대한민국 3강 체제

프로게이머
PROGAMER

프로게이머
PROGAMER

29장. 대한민국 3강 체제

결승행 티켓을 놓칠 수도 있는 중요한 상황이었다.

그런 때에 모든 것을 건 백도어 시도라니?

일반적으로 선수라면 절대 하지 않을 리스크 가득한 선택이었다.

경기를 지켜보는 모든 이들이 최고의 집중력으로 어떻게든 마지막이 될 이 장면에 몰입했다.

록시 타이거즈 선수들은 거침없이 적진을 향해 진격했다.

ST T1 선수들은 이미 크래셔 남작 사냥을 시작한 상황에서 사냥을 마저 끝내야 할지 아니면 바로 돌아가서 막아야 할지 고민하는 듯 보였으나 이내 자신들의 사냥 속도가 빠르다는 것을 깨닫고 사냥을 마무리했다.

그제야 록시 타이거즈 선수들이 막 ST T1 선수들의 본진에 올라 억제기 앞에 다다를 수 있었다.

ST T1 선수들은 모두 동시에 귀환 버튼을 눌러 귀환 모션에 들어갔다.

억제기 정도는 내어줄 수밖에 없는 타이밍이라는 걸 알기에 본진 안쪽에서 쌍둥이 포탑을 끼고 막아내려는 생각이었다.

이대로 모두 귀환해버린다면 수도승이 잘린 상태에서 숫자도 부족한 록시 타이거즈라 절대 이길 수가 없었다.

그 점을 알기에 또 하나의 슈퍼 플레이를 위해 움직이는 선수가 있었다.

"잠시만요! 네오맨 선수의 카샤딘이 귀환 중인 ST T1 선수들에게 단독으로 달려듭니다!"

"싸우려는 게 아니죠! 암살 목적도 아닙니다! 귀환을 방해하려는 겁니다!"

"효과적이에요. 만약 ST T1 선수들이 대응하지 않으면 핵심 챔피언 하나는 공짜로 암살당하는 꼴이거든요? 모두 귀환을 끊을 수밖에 없어요!"

"그렇죠. 핵심 챔피언인 오리안나 같은 게 끊겼다가는 그대로 경기 내줄 수도 있거든요?"

"이 와중에도 본진은 깨지고 있습니다! 어떻게 합니까!"

ST T1 선수들에게 다른 선택지가 없었다.

흩어진 상태에서 더욱 흩어져 간섭받지 않도록 포지션을 정한 다음 움직이기 시작했다.

이미 한 번 귀환이 끊겼기에 다시 귀환을 누르는 것은 그냥 게임을 포기하겠다는 것과 다름없는 상황.

조금 위치가 안 좋더라도 록시 타이거즈 선수들의 뒤를 잡아야 했다.

흩어져서 움직였기에 제대로 된 진형을 갖추기는 어렵지만 급박한 상황이니만큼 어쩔 수 없었다.

부리나케 본진으로 돌아가는 와중에도 ST T1 선수들은 인원을 분배했다.

지금 본진을 두드리는 록시 타이거즈 선수들은 고작 세 명 뿐이었다.

수도승은 이미 죽어 부활 대기 중이었고 카샤딘이 귀환을 끊으러 왔기에 탑 라이너와 바텀 듀오만 입성한 상태.

다섯 인원이 모두 멀쩡한 ST T1은 두 명 정도의 인원을 분배해도 포탑의 존재로 유리한 싸움을 펼칠 수 있게 되는 것이다.

그런 판단으로 따로 떨어진 카샤딘을 추격하는 임무는 잘 큰 오리안나와 서포팅이 가능한 서포터가 담당했다.

두 선수의 추격을 당하는 네오맨의 카샤딘은 특유의 기동성을 활용해 재빠르게 도망쳤다.

동시에 자신들의 본진에 입성한 ST T1 선수들은 오히려 넥서스 방향으로 록시 타이거즈 선수들을 압박했다.

졸지에 록시 타이거즈 선수들은 퇴로까지 차단당한 것이다.

이제 모든 것을 걸고 쌍둥이 포탑과 넥서스를 밀어야만 했다.

"첫 번째 쌍둥이 포탑을 두드립니다! 속도가 어마어마하게 빠릅니다!"

"ST T1 선수들은 막아야죠! 하지만 섣불리 달려들 수가 없습니다. 서로 틈이라도 잘못 보이면 바로 아웃될 수 있어요. 이미 경기는 극후반입니다! 딜이 장난이 아니에요!"

"아니! 순식간에 쌍둥이 포탑 하나가 날아갑니다! 곧바로 두 번째 포탑을 노리는 록시 타이거즈!"

첫 번째 쌍둥이 포탑이 터져 나가자 기회를 노리고 있던 ST T1 선수들 발등에 불이 떨어졌다.

당장 막아야만 한다는 신호라도 된 듯 일제히 원딜을 향해 달려들었다.

최후의 포탑 하나를 두고 벌어진 양 팀의 3:3 전투!

얽히고설킨 3:3 전투가 질질 끌리는 동시에 카샤딘을 추격하던 두 선수도 기동력의 열세를 깨달은 듯 추격을 포기한 채 한타에 합류하기 위해서 발길을 돌렸다.

추격당하던 카샤딘이 다시 아군을 구하기 위해 적을 추격하는 기묘한 상황!

그 과정에서 이동기가 없는 뚜벅이 챔피언 오리안나가 살짝 뒤처지는 일이 발생하며 카샤딘에게 뒷덜미를 잡혔다.

"오리안나와 카샤딘이 1:1 단독 상황에서 마주칩니다!"

"이건 싸울 수밖에 없는 각인데요!"

애초에 1:1 상성에서 살짝 유리한 카샤딘이었고 오리안나는 수도승을 끊어내는 과정에서 궁극기를 소모한 상태였다.

그나마 위안 삼을 수 있는 것은 오리안나가 미친 듯 성장을 잘했다는 것이다.

하지만 애석하게도 카샤딘 역시 초반 라인 로밍을 통해 킬 포인트를 기반으로 못지않은 성장을 이룩한 상태였다.

"아아! 오리안나! 오리안나! 오리안나!"

"카샤딘에게 따라잡히고 어쩔 수 없이 싸웠지만 아슬아슬하게 죽고 말았습니다! 오리안나 다운!"

"동시에! 본진! 본진! 본진!"

갑자기 동시다발적으로 상황이 벌어지자 중계진의 목소리에 흥분이 가득 담겼다.

"아아! 록시 타이거즈 선수들 타겟팅이 갈리면 안 됩니다!"

"누구는 포탑을 때리고 누구는 적을 때리고 이러면 안 돼요! 오리안나를 버리고 움직인 서포터까지 합류합니다!"

"록시 타이거즈 선수들 하나씩 쓰러집니다!"

"그 와중에 마지막 쌍둥이 포탑은 터져 나갑니다!"

"넥서스를 때리네요! 체력이 떨어져 나갑니다! 터지나요? 어떻게 됩니까!"

먼저 서포터가 죽어나간 록시 타이거즈의 특공대.

원딜은 요리조리 피해 다니며 넥서스를 부수기 위해 공격을 멈추지 않았고 탑 라이너는 그런 원딜을 지켜내기 위해 불나방처럼 ST T1 선수들에게 달려들었다.

그러나 경기 극후반 자연히 힘이 빠져나가는 건 어쩔 수 없이 탱커였다.

탑 라이너는 맹렬한 ST T1 선수들의 협공에 녹아내렸다.

"넥서스! 넥서스! 넥서스! 넥서스!"

"하필 남은 게 원딜입니다! 녹아버릴 것 같은데요!"

"붙잡혔어요!"

"아아! 록시 타이거즈! 회심의 백도어 공격이 무위로 돌아갑니다! ST T1 선수들! 너무나 압도적인 차이로 막아버렸어요!"

"오리안나가 죽기는 했지만 카샤딘도 빈사상태가 되어 본진으로 돌아갔죠? 탑 라이너와 바텀 듀오가 죽어버렸고 수도승은 아직 부활 못 한 상태죠."

"반면에 ST T1 선수들은 오리안나를 제외한 네 명 전부가 살아남았고요. 크래셔 남작 버프까지 두르고 있는 상태입니다. 역공을 가면 무슨 수로 막죠?"

록시 타이거즈 입장에서는 절망적인 순간이었다.

오리안나를 잘라낼 때까지만 하더라도 승산이 있는가 싶었지만 백도어를 시도한 선수들의 오버 플레이로 순식간에 위기가 닥친 것이다.

그나마 다행인 것은 마침 처음 무리한 플레이로 잘라 먹힌 수도승이 부활했다는 것이었다.

"본진으로 귀환한 카샤딘과 부활한 수도승! 2인의 결사대죠. 무조건 막아내야 합니다. 밀어내지 못한다면 시간이라도 질질 끌어야만 해요."

"ST T1 선수들은 다른 거칠 것이 없다는 듯 그냥 미드라인을 그대로 밀고 내려옵니다."

"탑 라인에 공성 전투병이 밀고 들어오지만 절반가량 남은 넥서스 체력을 부수기에는 무리가 있죠?"

"예, ST T1 선수들 바보가 아니죠. 이미 탑 라이너가 한 라인 정리를 위해 탑으로 향했어요. 미드라인 합류는 텔레포트 스펠로 하면 되거든요."

"넥서스 체력이 절반 정도밖에 안 남았는데요. 록시 타이거즈 선수들 이렇게 못 막고 지면 너무 억울할 겁니다!"

ST T1 선수들이 미드라인 1차 포탑 지역을 넘어설 즈음 록시 타이거즈의 카샤딘과 수도승이 본진을 박차고 나갔다.

"입구 밖에서부터 시간을 끌겠다는 판단인가요? 위험하지만 현명한 선택일 수 있습니다. 카샤딘의 기동력을 활용하면 어찌어찌 바짓가랑이라도 붙잡고 늘어질 수 있거든요."

"어? 잠시만요!"

모두가 카샤딘과 수도승의 진출을 그저 더 본진과 먼 곳에서 시간을 끌겠다는 의도로 지켜봤다.

그런데 두 챔피언이 갑자기 방향을 틀어 정글로 숨어들었다.

"경기 초반부터 두 챔피언 특유의 기동성을 활용해서 벽을 넘나드는 플레이를 펼쳤었거든요!"

"그렇습니다! 이건 다시 한 번 백도어입니다! 기지 바꾸기로 가겠다는 겁니다!"

이미 정신없는 백도어와 교전이 지나간 지 한참.

처음 밝혀둔 정글 시야는 다 꺼져 있었고 다시 정글 시야를 밝혀둘 시간적 여유도 없었다.

ST T1 선수들은 카샤딘과 수도승이 벽을 넘어 정글로 진격하고 있다는 사실을 꿈에도 몰랐다.

"순진하게 본진에서 막으려고 기다린다고 생각하면 큰

코 다칠 수도 있습니다!"

"아, 하지만 몰라요! 이미 네 명의 선수가 모두 억제기 포탑 앞에 집결해서 두드리기 시작합니다!"

"수비 병력이 나오지 않아 눈치 챘겠죠?"

"예, 곧장 총력을 다 해서 철거에 나섭니다!"

"넥서스가 터지기 전에 적 본진에 도달해야 합니다! 록시 타이거즈!"

흐지부지 끝날 것만 같던 게임 종반 상황이 극적으로 다시 불이 붙게 되는 계기였다.

록시 타이거즈 결사대는 절반 남은 넥서스의 체력을 끝내기 위해 달렸고 ST T1 선수들은 그보다 더 빠르게 넥서스를 지워버리기 위해 전력을 다했다.

"억제기가 터져 나갑니다! 바로 쌍둥이 포탑까지 진격합니다! 너무 빨라요! 속도가 너무 빠릅니다!"

"록시 타이거즈 선수들 본진 입구까지 다다랐습니다!"

"카사딘이 마나가 다 떨어지든 말든 궁극기를 연속으로 사용해서 미친 듯이 달려 나갑니다!"

"말씀드린 순간 쌍둥이 포탑 하나가 날아갑니다! 록시 타이거즈 선수들은 본진 입구에 입성했습니다!"

얼추 비슷한 타이밍에 넥서스를 서로 때릴 수 있을 것만 같은 상황!

"모르겠어요! 누가 빠릅니까? 누가 빠르죠?"

"두 번째 쌍둥이 포탑까지 아웃! 넥서스를 두드립니다! ST T1! 무지하게 빠른 속도입니다!"

"깨지나요? 깨집니까? 록시 타이거즈! 절반 남은 넥서스의 체력을 뭉텅이로 공략하는데요!"

"넷이서 두드리는 넥서스! 둘이서 두드리는 넥서스! 하지만 체력 상황이 반대로! 아아! 깨집니다! 깨져요!"

"어디가 먼저입니까! 어디죠? 어딥니까!"

어느 한 팀의 넥서스가 먼저 터진다고 확언할 수 없을 정도로 절묘하고 아슬아슬한 타이밍이 눈에 들어왔다.

서로의 넥서스는 정말 간당간당한 체력이 남는 순간까지 동일하게 떨어졌다.

어느 한 팀이 먼저 부수기만 하면 끝나는 상황!

정신없이 이동하던 옵서버 화면이 어느 순간 맵의 가운데에서 멈췄다.

한 곳의 넥서스가 터진 것이다.

잠시 후.

승리 팀을 알리는 게임 안내 메시지가 떠오르고.

경기장 관중석과 중계석에서 어마어마한 함성과 흥분이 가득한 목소리가 울려 퍼졌다.

♦

준결승 경기가 끝나고 나는 한동안 멍하니 앉아 있을 수밖에 없었다.

역대 어느 경기에서도 이만 한 박진감과 긴장감을 느끼기는 어려웠다.

모든 것을 내건 양 팀의 기지 바꾸기 운영은 그야말로 드라마틱한 전개였고 그 결말도 화끈한 반전이었다.

과정이야 순탄하지 않았지만 어느 정도 내가 예상했던 것처럼 록시 타이거즈가 승리를 거머쥐고 우리의 결승전 상대로 올라오게 되었다.

그리고 그들의 결승행 확정 순간을 목격하면서 나는 계획과 생각을 전면적으로 바꿀 수밖에 없었다.

록시 타이거즈.

그들에게 있어 가장 무서운 점이지만 유일한 강점이라고 생각했던 내 평가도 고쳐야 했다.

장노철 감독.

록시 타이거즈를 이끄는 것은 그 혼자만이 아니었다.

♦

화제의 준결승전 경기가 끝나고 전 세계 로크 팬들의 재미

있는 반응들이 쏟아져 나왔다.

무엇보다 큰 이슈가 된 것은 마지막 세트의 믿을 수 없는 백도어 판단과 그 과정에서 연출된 긴장감 넘치는 철거전이었다.

누구도 부정할 수 없이 한 끗 차이로 끝난 게임에 대해 여러 목소리가 나오는 건 당연한 일이었다.

마지막 경기의 마지막 장면은 전 세계 로크 리그의 역사를 되짚어도 올 타임 넘버원에 꼽힐 수 있을 만큼 대단한 명장면이었다는 게 대다수의 평가였다.

ST T1의 2시즌 연속 우승 좌절이라는 이슈 또한 팬들에게는 중요한 이슈 중 하나였다.

다른 강팀들도 아닌 데뷔한 지 얼마 되지 않은 신인 팀들에게 연속으로 덜미를 잡혔다는 점에서 점점 더 그 강함이 퇴색되는 것이 아니냐는 목소리가 컸다.

하지만 게임 내용이 일방적인 부분이 없었기에 여전히 강력하지만 새로운 괴물들이 등장한 것이라는 위로의 목소리도 점점 커지는 중이었다.

그러나 애석하게도 ST T1은 어디까지나 섬머 시즌 결승전에 진출하지 못한 팀일 뿐이었다.

팬들이 가장 기대하고 있는 것은 무서운 신예, 돌풍의 핵심 신흥강자 두 팀의 결승전 맞대결이었다.

피닉스 스톰과 록시 타이거즈의 결승전은 가장 짧은

시간에 이뤄낸 가장 큰 이슈의 결정체였다.

피닉스 스톰은 이미 이전 시즌 깜짝 우승을 거머쥔 팀 데몬이 전신이 된 팀이었으니 더 말 할 것도 없었다.

세계 대회인 올스타전에서 부문 MVP를 수상한 선수가 둘이나 포진되어 있었고 그 중 한 명은 개인전 우승까지 거머쥐면서 브레이커를 위협할 선수로 세계 팬들에게 눈도장을 확실하게 찍은 상태였다.

록시 타이거즈는 지난 시즌 중반에 합류해 극악의 패배를 껴안고 시작했음에도 와일드카드 결정전까지 진출하며 플레이오프 맛을 봤던 저력을 가진 팀이었다.

게다가 네오맨이라는 탕아를 영입하는 파격적인 선택 이후 훨씬 더 강력해진 팀이 되어 있었다.

대한민국 리그에서만 이름을 알리던 때와 다르게 세계 팬들의 입방아에 오르내리며 조금 더 디테일한 분석이 되기도 한 팀이었는데 이번 시즌 평가가 가히 파격적이었다.

[이미 명장의 반열에 오른 장노철 감독의 지휘 아래 똘똘 뭉쳐 기계처럼 플레이 하던 록시 타이거즈는 네오맨의 합류로 완전히 다른 팀이 되었다.]

[네오맨 합류 이후 훨씬 더 다양하고 다이나믹한 전략과 전술 운용이 가능해졌고 장노철 감독의 입김이 닿지 않는 게임 내에서 변화무쌍한 흐름에 적응하는 능력이 생겼다.]

[준결승전 마지막 경기의 백도어 판단은 장노철 감독의 계획에 없던 일. 이미 선수들은 자기도 모르는 사이 그런 경지까지 성장해 있었다.]

[상대를 파악하고 거기에 맞는 카운터 전술을 즐겨 사용하는 베놈의 성향을 보면 이번 결승전에서 읽기 어려운 록시 타이거즈를 상대로 피닉스 스톰이 상당히 고전 할 것.]

세계 팬들과 전문가, 매체와 커뮤니티의 여러 분석을 종합해보면 록시 타이거즈는 이제 이견이 없는 강팀이라는 사실이었다.

무엇보다 의외인 부분은 이미 베놈 권진욱이 파악한 록시 타이거즈의 새로운 강점이 팬들에 의해 파헤쳐졌다는 것이었다.

이번 시즌 변화무쌍의 극을 보여줬던 록시 타이거즈가 이만큼 해부 당했다면 피닉스 스톰도 그 날카로운 시선을 피해갈 수는 없었다.

[불과 한 시즌 만에 완성형 팀으로 거듭난 피닉스 스톰이 우세할 것으로 예상되나 획기적인 변칙 플레이라던가 견고하기 그지없는 정석 플레이 등 어느 한 쪽으로 특화된 모습으로 나타나지 않으면 결승전에서의 승리를 장담하기 어렵다.]

[베놈이 이끌고 미스터 큐가 선봉에 서는 피닉스 스톰의 강점은 끈끈한 팀워크와 유기적인 전략 전술 운용이 가능한 폭 넓은 조합, 챔피언 운용이다. 록시 타이거즈가 변칙을 사용한다면 이들은 견고한 정석 플레이도 보여줄 수 있기에 더 안정적인 플레이가 가능하다.]

[언제나 메타를 선도했던 팀이다. 록시 타이거즈의 변칙도 결국은 이들이 선도한 메타 안에서 벌어질 뿐이다. 준결승전 무대에서 보여준 브레이커의 각성에 록시 타이거즈가 흔들리는 모습을 보았다. 베놈 역시 그런 폭발적인 캐리력이 있는 선수다.]

대부분의 팬들은 여전히 록시 타이거즈보다 피닉스 스톰이 한 계단 위에 오른 팀이라고 생각하고 있었다.

그들이 주장하는 의견을 뒷받침하는 근거 역시 충분했기에 결승전은 매우 박빙의 경기가 펼쳐질 걸로 예상되었다.

결승까지 남은 일주일이라는 시간은 팬들의 입장에서는 매우 더디게, 경기를 치를 당사자들 입장에서는 매우 빠르게 지나갔다.

그리고 결승 당일의 아침이 밝았다.

◆

전 세계의 로크 팬들이 손꼽아 기다린 결승전!

첫 번째 경기가 펼쳐지기 전 오프닝 무대에 많은 이벤트가 있었다.

초대 가수가 있었고 중계진의 멘트가 있었으며 상품 이벤트와 역대 경기의 기록을 그래프로 비교해볼 수 있는 코너가 있었다.

오프닝 비디오는 양 팀 선수들의 서로를 도발하는 인터뷰로 꾸며져 있었다.

이 모든 과정이 지날 때까지 팬들은 그저 경기가 빨리 시작하기를 기다릴 수밖에 없었다.

이윽고 시간은 흘렀고 첫 번째 경기를 위해 선수들이 경기석으로 들어섰다.

와아아아아아아아아아아!

선수들의 모습이 보이자 결승전을 위해 마련된 특설 무대 관중석을 가득 채운 팬들이 함성을 내뱉었다.

오랜 시간 기다렸으니 어서 최고의 경기를 보여 달라는 아우성 같이 느껴졌다.

그렇게 돌입한 두 팀의 결승전 첫 번째 세트!

[첫 세트부터 정면승부! 서로 주력 픽을 내어주고 싸우는 양 팀! 화끈한 공방전!]

[피닉스 스톰 베놈의 미드 강타 이즈, 록시 타이거즈 네오맨의 미드 카샤딘 격돌!]

[치열한 소규모 전투의 연속! 선취점을 가져가는 피닉스 스톰!]

[여전히 강력한 강타 글레이브 이즈의 포킹으로 한 발 앞서 나가는 피닉스 스톰!]

베놈의 이즈는 특별한 힘이 있었다.

포킹에 최적화된 아이템 트리를 올리고 있지만 챔피언 특성상 지속적인 딜링도 상당한 수준이었다.

거기에 더해 쿨타임이 짧은 궁극기를 효과적으로 사용하며 시야 확보 용도나 멀리 있는 라인을 정리하는 운영의 용도로도 사용하며 거의 만능에 가까운 활용법을 보여줬다.

베놈은 자신에게 이즈를 쥐어 주면 어떻게 되는지 보여주겠다는 듯 경기 자체를 마음대로 쥐락펴락했다.

네오맨의 카샤딘이 브레이커를 상대하듯 여러 라인을 타격하는 한편 변칙적인 운영으로 틈을 만들어보려고 했으나 미스터 큐의 시기적절한 합류 플레이 때문에 여의치 않았다.

피닉스 스톰은 록시 타이거즈를 상대하는 것으로 정해진 이후 변칙 플레이를 막아낼 핵심 키 카드로 정글러를 활용하는 것이 정답이라고 보여주듯 플레이했다.

브레이커가 압도적인 성장으로 찍어 누르는 플레이를 보여주었듯 기동성이 좋은 이즈를 돌리면서 성장시켰고 정글러가 적극적으로 라인에 개입하면서 록시 타이거즈의 운영을 막아내는 움직임이었다.

어떻게 보면 딱 그렇게 상대하라고 만들어둔 정석 플레이 같아 보였다.

단기간에 이런 파훼 방법을 가지고 올 거란 사실까지 예상하지는 못했던 건지 록시 타이거즈는 본인들의 변칙이 막히는 족족 흔들리는 모습을 보였다.

그렇게 점점 기울어 가던 경기는 어느 순간 와르르 무너졌다.

[피닉스 스톰! 베놈의 이즈를 앞세워 압도적인 힘으로 선취점 달성!]

[록시 타이거즈의 변칙을 봉쇄하는 조커 카드! 미스터 큐! 정글러 활용의 정점 플레이!]

[맞춤형 운영 방법 등장! 록시 타이거즈의 대 위기!]

역시 피닉스 스톰이다.

역시 베놈 권진욱이다.

모두가 그렇게 말했다.

거의 농익을 만큼 익었다고 평가된 록시 타이거즈의 변칙적인 운영과 물 흐르듯 자연스러운 팀플레이가 이렇게 쉽게 파훼할 수 있는 것이었나 다시 한 번 돌아보게 되었다.

그만큼 결승 첫 번째 세트에서 보여준 피닉스 스톰의 경기력은 완벽에 가까웠다.

이렇게 압도적인 모습으로 선취점을 가져가고 나니 팬들은 슬슬 록시 타이거즈가 결승을 위해 준비한 새로운 카드를 궁금해하기 시작했다.

첫 번째 세트의 정면승부는 어느 정도 예상이 됐던 일이었고 진짜 승부는 두 팀이 준비한 비장의 카드에 숨겨져 있을 거라 생각했다.

이미 압도적으로 밀리며 선취점을 빼앗긴 록시 타이거즈 입장에서 한 경기를 더 지켜보고 3점을 내주기 직전에서야 비장의 카드를 꺼내기에는 너무 리스크가 컸다.

두 번째 세트가 시작하는 지금이 준비해온 것을 쓰기에 가장 적절한 타이밍이었다.

그렇게 시작 된 두 번째 세트.

모두 예상했던 것처럼 네오맨은 여전히 미드라인으로 출전했고 미드라인 픽은 마지막까지 숨기는 밴픽을 진행했다.

뭔가 준비해온 것이 틀림없었다.

장노철 감독은 그 카드를 손에 쥐기 위해서 최고의 집중력을 발휘해 밴픽에 임했다.

이번에는 확실하게 이즈를 잘라냈고 피이즈까지 잘라내며 베놈 권진욱이 쥐었을 때 특별해질 챔피언들을 견제했다.

자연스럽게 다른 주요 픽들이 풀려나며 피닉스 스톰 입장에서 손해 볼 것 없는 밴픽이 되어가는 것처럼 보였다.

미드라인 챔피언이야 워낙 다양했고 베놈이 보여준 챔피언 풀을 생각했을 때 크게 무리는 없어 보였다.

그럼에도 불구하고 이런 밴픽을 펼친 데에는 일단 피닉스 스톰이 준비한 것들을 사용하지 못하게 하는 것에 의의가 있었다.

그렇게 밴픽의 마지막 단계.

서로의 미드라인 챔피언이 공개되는 시점에 엄청난 반응이 터져 나왔다.

먼저 선택한 것은 베놈의 제이드였다.

“역시나 나왔습니다! 이번 메타에서 이즈와 피이즈를 가져가지 못했을 경우 제이드나 야소 등 비교적 높은 캐리력이 요구되는 암살형 챔피언을 다뤘던 베놈 선수죠.”

“예, 그렇습니다. 동시에 다른 라인에서 현재 대세라고 알려진 챔피언들을 가져가고 팀적으로 이득을 보는 밴픽 구도인데요. 제이드 선택 탁월한 것 같습니다.”

마지막으로 한 개의 픽을 골라야 하는 록시 타이거즈의 상황.

가져가야 하는 챔피언은 조합상 미드라인 챔피언이었다.

그리고.

"세상에! 지금 저희가 잘못 보고 있는 걸까요? 저 챔피언이 정말로 미드라인에 서겠다고 나온 겁니까?"

"마지막 한 개의 픽을 가져갈 수 있는 권리가 록시 타이거즈에게 있었습니다. 상대편 미드라이너 베놈 선수의 이즈와 피이즈를 제거한 다음 당연히 제이드가 나올 거라고 생각하고 있던 것 같죠?"

"그렇군요. 라인 스왑 합니다! 록시 타이거즈의 미드라이너로 출전한 네오맨이 선택한 챔피언은 페인입니다!"

거듭된 패치로 인해 간접적인 너프 영향을 받았던 페인.

최근에는 압도적인 캐리력이 있으메도 불구하고 다소 짧은 사정거리로 인해 원딜로도 잘 모습을 보이지 않았던 실정이었다.

장노철 감독과의 합작이었을까?

네오맨은 베놈에게 제이드나 야소를 선택하도록 유도하고 미드라인에서 자신만만하게 페인을 꺼내 들었다.

그렇게 시작된 결승전 두 번째 세트 경기.

모든 팬들이 제이드와 페인의 움직임을 주시했다.

♦

록시 타이거즈의 완성된 픽을 보고 아차 할 수밖에 없었다.

네 개의 챔피언이 선택되어 있을 때까지 전혀 눈치 채지 못했는데 페인을 미드라인으로 돌리고 나서 그 의도가 명확해진 것을 뒤늦게 깨달은 것이다.

"저쪽 조합 시너지는 거의 없어. 전부 다 라인전에서 먹고 들어가겠다는 의도야. 다들 라인전에서 밀리면 안 돼. 한 번 포인트 내주는 순간 뒤집기 힘들어질 거야."

"오케이."

팀원들도 상대방이 보여준 의외의 픽에 긴장한 듯 내 당부를 흘려듣지 않았다.

탑 라인에 등장한 르넥톤부터 범상치 않았지만 일반적인 조합 예상 범위 안에 있던 챔피언이었다.

정글러는 수도승이, 원거리 딜러와 서포터 조합은 최고의 콤비로 불리는 루시앙과 트레쉬 조합이었다.

각 개별적인 라인 안에서 절대로 안 진다고 말할 수 있을 만큼 개인 피지컬 역량만 받쳐 준다면 확실하게 승기를 잡을 수 있는 선택들이었다.

심지어 미드라이너가 일반적으로 사용되는 챔피언이 포함되었다면 5:5 한타 대전에서도 결코 약하지 않은 조합이었다.

다만, 이번의 경우 범용성을 버린 대신 페인이라는 카드를 미드라인으로 세워 각 개별 라인에서부터 터뜨리고 캐리력을 뽑아내겠다는 의도가 명확해지며 후반으로 이끌어 대규모 한타를 노리면 의외로 쉽게 이길 수도 있을 것 같았다.

"이거 버텨서 중반 넘어가면 무조건 우리가 이기는 조합인데…. 흐음…."

"그럴 거면 제이드 픽이 아니었어야 해."

"맞아. 제이드 미드에 세우고 버티기는 너무 손해가 커."

나의 혼잣말에 곧바로 팀원들의 피드백이 날아왔다.

그들의 말이 맞았다.

내가 중반 넘어간 상황을 이야기한 건 모든 챔피언이 무난하게 성장한 상황을 가정한 것이었다.

제이드 픽은 특성상 라인전 버티기라는 게 CS 수급을 거의 포기한다고 생각하는 게 맞았다.

그렇게 성장에 제동이 걸린 제이드는 게임 중반이 넘어가면 아무것도 할 수 없었다.

"받아치기에는 우리 조합이 초반 교전 능력에서 너무 밀리는데 어떡하지?"

문제였다.

그저 저들이 내어준 카드가 현 시점 메타에서 성능이 좋기로 손에 꼽히는 챔피언들 이었다.

분명 이번 세트에서 뭔가 꺼낼 거라 생각을 했고 그것을 위해 내주는 모든 것을 가져올 계획을 갖고 있었다.

그 계획은 들어맞았다.

원하는 그대로 이루어졌다.

그런데 장노철 감독이 준비한 그 무언가가 바로 우리가 메타 챔피언들을 가져왔을 경우 라인전에서 눌러버리는 것이었을 줄이야.

이번 밴픽에서는 완벽한 패배였다.

어쩔 수 없는 부분은 인정하고 게임 안에서 돌파구를 마련해야만 했다.

나는 고심을 끝내고 팀원들에게 주문했다.

♦

결승전의 두 번째 세트.

미드 페인이라는 다소 충격적인 픽을 꺼내든 록시 타이거즈는 초반 라인전 시작과 동시에 각자의 상대방을 강하게 압박하며 공세를 퍼부었다.

제이드를 고른 피닉스 스톰의 베놈을 제외하면 초반 단계에서 맞상대하기가 불가능한 챔피언들의 조합이었다.

압박을 하면 그저 밀려날 수밖에 없었고 그나마 상대가 가능한 제이드도 초반 라인전에서는 손해를 감수할 수밖에 없는 문제가 있었다.

세 라인이 전부 손해만 보면서 시작되는 라인전.

최고의 정글러로 손꼽히는 미스터 큐도 이런 난관에 할 수 있는 것이 딱히 없었다.

적 정글러와 얼굴을 마주하며 그저 라인에 합류를 할 수 없도록 마크해주는 것이 최선이었다.

격차는 그렇게 점점 벌어졌고 피닉스 스톰이 난관을 타개할 방법으로 팀플레이를 선택했다.

"제이드가 탑 라인에 로밍을 올라갑니다! 양 측 정글러도 이미 출발 했네요. 페인도 뒤를 따르죠? 탑 라인에서 3:3 교전이 벌어질 것 같습니다!"

"이미 성장 격차가 나는 상황이라서요. 피닉스 스톰이 재빠르게 한 타겟을 처치하고 도망치는 그림이 아닌 이상 이득 보기가 힘들어 보이는데요?"

해설진의 설명이 다 끝나기도 전에 탑 라이너 간의 싸움이 먼저 벌어졌다.

곧이어 도착하는 미드라이너들과 정글러들까지 3:3 구도의 교전이 벌어졌다.

르넥톤, 수도승, 페인으로 이루어진 3인조는 매우 막강했다.

다소 CC기가 부족해 보이지만 하나라도 걸리는 순간 상제될 수 있을 만큼 강력했다.

그리고 그 일이 실제로 벌어져버렸다.

"피닉스 스톰의 탑 라이너 볼매가 완전히 제대로 물렸습니다! 르넥톤의 스턴 위에 페인의 CC기가 벽 쪽으로 확정되어 들어갑니다!"

"녹아버렸어요! 순식간에 3:2! 피닉스 스톰 퇴각합니다!"

기회를 잡은 록시 타이거즈였다.

몰아치는 김에 확실히 뽑을 수 있는 이득을 다 뽑아야만 하는 조합을 선택한 이상 순순히 적이 도망가게 둘 수가 없었다.

"수도승이 움직입니다! 와드방호! 이후 곧바로 점멸! 이쿠!"

"아아! 베놈 선수가 방심했나요? 수도승의 완벽한 콤보에 딸려 들어갑니다!"

엄청난 피지컬이 필요한 무빙이었으나 기세를 탄 록시 타이거즈 선수들은 모두 최고의 기량을 보여줄 수 있는 상태였다.

퇴로를 차단당하고 적진 가운데로 던져진 베놈의 제이드가 주요 스킬을 궁극기 활용으로 피해 내고 그림자를 이용해 현란한 플레이를 펼쳤지만 네오맨의 집요하고도 정확한 공격에 킬 포인트를 내주고 말았다.

먼저 움직인 피닉스 스톰이 두 개의 킬 포인트를 내주며 그대로 무너져버렸다.

♦

3:1 스코어.

피닉스 스톰은 결승전 첫 번째 경기를 궁극에 달한 정석 플레이로 가져온 다음 내리 3연패를 하며 충격의 준우승에 머물렀다.

미드 페인을 사용한 두 번째 세트부터 추격을 시작한 록시 타이거즈는 연달아 기상천외한 픽과 운영을 앞세워 혼란에 빠진 피닉스 스톰의 돌풍을 잠재우며 데뷔 2시즌 만에 우승을 거머쥐었다.

충격적인 결과였다.

신흥강자를 끌어내릴 수 있는 신흥강자라는 평가를 받고 결승전에 임했던 록시 타이거즈였다.

그럼에도 대부분은 피닉스 스톰의 연속 우승이 이루어지지 않을까 생각했다.

시즌 중 단 한 번도 패배하지 않으면서 무패로 결승에 먼저 선착해 있던 피닉스 스톰이었다.

다소 무기력한 모습으로 패배하며 준우승에 머물기는 했지만 피닉스 스톰이 한 시즌 만에 몰락했다고 평가하는 사람은 아무도 없었다.

오히려 더 재미있는 전개가 남아 있었다.

다음 무대인 세계 최고의 로크 대회 월드 챔피언십!

국가대표 선발전에서는 3위로 내려앉은 ST T1이 다른 구단들을 무참히 짓밟고 정상을 차지하며 국가대표 권한을 얻어내며 대한민국의 로크 월드 챔피언십 출전 세 팀이 확정되었다.

섬머 시즌 우승을 하며 이전 서킷 포인트와 상관없이 월드 챔피언십 직행 티켓을 거머쥔 록시 타이거즈.

이전 시즌 우승과 이번 시즌 준우승으로 누구보다 높은 서킷 포인트를 확보하며 일찌감치 월드 챔피언십을 확정지어둔 피닉스 스톰.

그리고 가장 마지막 자리에서 난전을 펼치고 올라온 도전자를 꺾어 월드 챔피언십으로 가게 된 ST T1까지.

연속 세 시즌을 돌이켜보면 ST T1, 피닉스 스톰, 록시 타이거즈 순으로 우승 팀 출신들이 나란히 세계대회로 향하게 되었다.

이미 세계 최고의 리그라고 평가 받은 대한민국 로크 챔피언스.

그 안에서만 실력을 겨루던 세 팀이 이제 진정한 왕좌를 가리기 위해서 세계무대로 향하는 것이다.

♦

월드 챔피언십을 준비하는 동안 개발사에서는 시기에 맞춰 새로운 패치를 적용하기 위해 노력하고 있었다.

게임 내용은 언제나 고착화되면 재미가 없어진다.

그 어느 게임이라도 마찬가지였다.

하는 사람도, 보는 사람도 재미없는 게임은 점점 도태된다.

그러나 이번 시즌 엄청난 변칙 플레이로 사랑 받은 대한민국의 록시 타이거즈가 우승까지 거머쥐며 월드 챔피언십 무대를 방문할 예정이었다.

뿐만 아니라 전략의 대가 베놈이 있던 피닉스 스톰 역시 무시할 수 없는 노릇이었다.

전통적으로 다양한 픽과 전략을 시도했던 유럽 강팀들도 출전하는 대회이다 보니 엄청난 볼거리가 쏟아져 나올 것이 이미 예상되고 있었다.

개발사나 전문가의 예측이 아니었다.

팬들의 기대감이 만들어낸 예측이었고 말 그대로 소문난 잔치가 되어가고 있었다.

소문을 낸 적은 없지만 알아서 소문이 나고 있는 것이다.

소문난 잔치에 먹을 게 없어서야 되겠는가.

더 다양하고 전략적인 픽과 조합, 운영을 뽑아내기 위한 방법으로 패치를 통해 다양성을 부여하는 방법이 제격이었다.

패치 적용을 검토하는 마지막 단계에 이르러서야 조금 여유가 생겼는지 직원들이 현실적인 대화를 나누기 시작했다.

"그런데 이거 이렇게 패치해서 늘려 두면 결국은 베놈이 속한 피닉스 스톰 밀어주기 아니야?"

"하긴…. 언제나 패치 이후 최대 수혜자는 그들이었고 메타를 선도했으니까."

"장노철 감독이 있는 록시 타이거즈는 이번 시즌 그들만의 해석으로, 변칙으로 그 위명이 자자한 대한민국 리그에서 우승했어."

"나는 그런 것보다 일반 유저들이 즐기기에 너무 번잡하게 만은 패치가 쏟아져 나오는 건 아닐까 걱정 되는데…?"

확실히 언젠가부터 패치에 속도를 내며 많은 것들이 달라져 있었다.

개발사에서는 패치를 시행하면 확실하게 이전 메타를 정리할 수 있도록 정리를 끝낸 다음 새 것을 던져주는 편이었는데 이제 모든 메타와 모든 패치 내용이 그대로 담겨있는 이르자면 패치 포화 상태였다.

이미 이전 패치에서 게임 자체가 달라진 것 같다는 평가까지 받았는데 다시 한 번 월드 챔피언십을 겨냥한 대규모 패치라는 건 라이트하게 게임을 즐기는 일반 유저들에게는 부담이 될 수 있었다.

"괜찮아. 어차피 난잡하기 시작한 건 오래 전이고 언제나 베놈이 내놓는 정답에 팬들은 따라가는 게 새로운 흐름이 되었으니까. 우리는 시키는 일이나 하자고."

직접 패치 내용을 제작하고 정리하고 적용하는 직원들마저도 이제는 어떻게 흘러갈지 쉽게 예측할 수 없는 대규모 패치.

팬들의 즐길 거리 보다는 볼거리에 초점을 맞춘, 선수들에게 더 다양한 기회를 제공하는 패치가 드디어 공개되었다.

♦

새로운 패치가 적용되고 한동안은 로크라는 당대 최고의 게임이 망하는 건 아닐까 싶을 정도로 접속 인원이 줄어들었다.

애초에 개발사에서 예측한 것처럼 일반 유저들은 쉽게 적응하지 못할 만큼 큰 변화가 많았다.

챔피언의 리메이크, 드래곤과 크래셔 남작의 변화나 전령의 추가. 아이템 개편 등 셀 수도 없는 변화였다.

그 와중에도 팬들은 이런 대규모 변화 속에서 살아남아 세계대회를 호령할 팀이 어디가 될지 예상하느라 정신이 없었다.

패치를 가장 다양한 각도로 해석한다고 알려진 유럽에서조차 아직은 이렇다 할 무언가가 나오지 않은 상황이었다.

팬들은 하루빨리 속된 말로 꿀을 빨 수 있는 쉽고 강한 것을 배워 자신의 점수를 올리기 위해 선수들의 경기를 지켜봤다.

그리고 패치 적용 3일 후.

한 개의 리플레이 영상이 스트리밍 플랫폼에 공개되었다.

게임 속에 등장한 게이머는 역시나 베놈이었다.

♦

베놈이 플레이 중인 포지션을 정글러였다.

그런데 정글을 누비고 다니는 챔피언의 상태가 독특했다.

근거리 파이팅의 최강자로 익히 알려진 원거리 딜러.

산탄총을 사용하는 상남자 챔피언 무법자 크레이브였다.

솔로 랭크 게임에서 일반적이지 않은 챔피언이 정글로

기용되는 걸 수도 없이 본 팬들은 본래 선수가 이런 게임을 보여주는 걸 즐기지 않았다.

무작정 따라하며 패배를 선사하는 일반 유저들이 꼭 따라붙기 때문이다.

하지만 이번만큼은 달랐다.

베놈의 크레이브 정글 기용은 타당한 이유가 있었다.

이번 대규모 패치에서 크레이브의 스킬에 변화가 있었는데 그 결과 제법 정글에 잘 적응하는 모습이었다.

산탄총 특유의 타격감을 살린다는 취지로 타겟의 앞에 다른 유닛이 존재하면 타격에 방해를 입는 대신 근거리 유닛들에게 광역 피해를 줄 수 있고 아주 미세하지만 넉백 효과까지 줄 수 있도록 기본 공격부터 바뀐 상태였다.

근접 원거리 딜러의 컨셉을 제대로 살린 것이다.

이러한 특성 때문에 사거리 싸움으로 굳어져 가는 바텀 라인에서 아예 버려지다시피 한 때에 베놈이 정글러로 기용하기 시작했다.

효과는 좋았다.

크레이브는 다수의 정글 몬스터를 공격하며 넉백까지 시키는 덕분에 약간의 컨트롤이 가능하다면 굉장히 안정적으로 정글링을 할 수 있었다.

여기에는 공격이 이어질 때마다 방어력 스텟이 오르는 패시브도 한 몫을 했다.

정글 몬스터들은 날이 갈수록 강력해졌고 안정적으로 정글링이 가능한 챔피언이 떠오르고 있었다.

크레이브는 정글 안에서 성장 속도도 빨랐고 성장이 가속화되면 특유의 원거리 딜러라는 특성 덕분에 무시무시한 대미지를 뽐낼 수도 있었다.

만약 베놈이 사용한 것처럼 플레이 할 수만 있다면 정글러, 미드라이너, 원거리 딜러가 모두 원딜 챔피언을 사용해 한 팀에 3원딜 구성이 나올 수도 있는 노릇이었다.

유저들은 그 가능성을 커뮤니티에서 이야기하기 시작했다.

그 때 또 다시 베놈의 새 게임 영상이 올랐다.

마치 온라인의 이런 구도를 예상이나 했다는 듯 베놈의 게임은 멈추지 않고 새로운 정보들을 쏟아냈다.

패치를 통해 대인전 특화 원거리 딜러로 개편된 루시앙과 코르기를 미드라인에 기용하면서 이제 미드라인에는 그 어떤 챔피언도 기용할 수 있다는 인식을 심기도 했다.

나탈리를 정글에 기용했던 지난 시즌 초반의 파급력만큼이나 새로운 베놈의 시도는 선수와 일반 유저를 가릴 것 없이 대유행을 불러 일으켰다.

밴 카드에 제거되지 않는 한 일반 유저의 대부분이 미드라인에서 코르기나 루시앙을 사용했고 정글에서 크레이브를 사용했다.

전부 어느 정도의 피지컬 능력이 필요 했지만 난이도 자체가 크게 어려운 편은 아니라 일반 유저들의 손에서도 높은 승률이 기록될 만큼 좋았다.

언제나 그렇듯 새로운 패치 이후 메타의 선두에는 베놈이 있었고 모두가 그 뒤를 따르는 모양이었다.

◆

세계의 로크 팬들이 고대하고 고대하던 로크 월드 챔피언십 무대가 하루 앞으로 다가와 있었다.

새로운 대규모 패치에 적응하는 것과 동시에 대한민국 대표팀 피닉스 스톰, 록시 타이거즈, ST T1의 선수들은 브라질 현지에서 열리는 대회 때문에 시차에도 적응해야했다.

이미 일주일 전부터 현지 적응을 시작한 터라 지금은 제법 시차가 익숙해지기 시작해 있었다.

북미, 유럽, 중국, 대한민국과 남미, 동남아시아에서 모인 각 지역 대표 16팀의 그룹 대진표도 공개가 되어 있었다.

대한민국 대표팀에서는 ST T1이 행운의 구단이 되었다.

[B Group]

1. 록시 타이거즈 (대한민국)
2. CRG (북미)
3. Flash Warriors (동남아)
4. PGT (남미)

[C Group]

1. 피닉스 스톰 (대한민국)
2. 프로틱 (유럽)
3. 에드워드 (중국)
4. 클라우드10 (북미)

[D Group]

1. 오리진 (유럽)
2. ST T1 (대한민국)
3. ah club (동남아)
4. 타이탄즈 (남미)

록시 타이거즈와 피닉스 스톰은 상대적으로 강력한 지역의 강팀들을 만나는 모양새였다.

특히나 피닉스 스톰은 최악의 대진이라고 불릴 만큼 죽음의 조였다.

각 지역의 대표적인 강팀들만 골라서 만난 것이다.

반면에 ST T1은 비교적 약팀으로 분류할 수 있는 지역인 동남아와 남미 두 팀을 한 조에 맞아들이며 꾸준히 월드 챔피언십에 출전하고 있는 오리진을 상대로 조 1,2위 싸움을 펼칠 것으로 예상했다.

짧은 예선 일정 이후 곧바로 8강 대진이 결정되고 그 결과로 인해 다시 4강 대진이 결정되는데 벌써부터 팬들이 기대하는 것은 록시 타이거즈의 세계무대 데뷔와 동시에 우승을 거머쥐며 월드 로열로더의 길을 걸을 수 있는가에 있었다.

피닉스 스톰은 선수들이 싹 바뀌었지만 구단 역사에 세계 대회 진출했던 이력이 있어 이 타이틀을 가져갈 수는 없었다.

이런 여론이 흥행하는 타당한 이유도 있었다.

보통 양쪽 진영으로 나뉜 A그룹과 B그룹이 8강, 4강에서 맞붙고 반대쪽 C, D그룹이 만난다는 것을 미루어 보았을 때 대한민국 내전의 첫 번째 주자는 다시 한 번 피닉스 스톰과 ST T1이었다.

경기 결과에 따라서는 8강전에서 바로 맞붙을 수도 있는 배치였다.

양 구단이 4강까지 내전을 피하는 방법은 함께 조 1위를 기록하거나 함께 조 2위가 되는 것이었다.

반면에 록시 타이거즈는 최약체가 모였다고 평가받는 A 그룹을 상대하게 되었다.

조별 리그를 잘 이겨내고 8강에 올라가기만 해도 수월한 결승행 고속도로가 뚫려 있었다.

그러나 세계 팬들이 마냥 다 그렇게만 바라보는 것은 아니었다.

자국이 속한 지역적인 감정의 버프를 배제하더라도 세계 대회라는 것은 세계 각지의 최강자가 모인다는 뜻이었다.

평균적인 리그 간의 실력 격차가 있을지 몰라도 출전한 팀의 강점과 색깔은 너무나도 달랐기에 한국의 우승이나 독주 따위를 단언할 수 있는 사람은 아무도 없었다.

몇몇 다크호스의 존재와 단기 레이스의 맹점을 생각해보면 결승에 대한민국 팀이 하나도 올라가지 못할 가능성도 충분했다.

이러한 기대감이 모인 월드 챔피언십의 개막!

그 첫 번째 경기가 많은 박수 속에 시작했다.

♦

대회 첫째 날.

A그룹의 경기가 끝나고 곧바로 록시 타이거즈와 PGT의 경기가 이어졌다.

나름대로 의미 있는 경기였다.

남미 지역의 추가와 동시에 새롭게 데뷔하게 되는 PGT와 대한민국에서 돌풍을 일으키며 우승을 거머쥐고 데뷔하게 된 록시 타이거즈.

서로 세계무대에서 눈도장을 찍을 수 있는 데뷔전이었기에 누군가 한 팀은 세계 데뷔전 승리라는 기록을 가져갈 수 있었다.

그러나.

대한민국과 남미 지역 리그의 수준 격차는 너무나도 큰 수준이었다.

경기 초반부터 자신들의 전력이 부족하다는 것을 알고 있던 PGT가 강력한 챔피언 구성으로 끊임없는 소규모 교전을 일으키며 난전을 유도해 포인트를 취하려는 전략을 구사했다.

안정적이고 단단한 대한민국 리그 특성 상 이런 플레이에 말리기 십상이었다.

하지만 록시 타이거즈는 그런 대한민국 구단 중에서도 가장 변칙적인 팀이었다.

이런 소규모 난전 플레이 역시 어중간한 구단을 상대로 록시 타이거즈가 직접 사용해본 적도 있던 전략이었다.

파훼 할 수 있는 방법은 아주 간단했다.

맞상대해서 싸워 이기는 방법이 있고 걸어오는 싸움을

피하며 라인 이득을 취하는 방법이 있었다.

록시 타이거즈가 선택한 방법은 후자였다.

이미 갖춰진 챔피언 조합의 열세를 극복하며 특유의 변칙 플레이로 이어나가기에도 훨씬 좋은 방법이었다.

PGT는 능수능란한 록시 타이거즈의 플레이에 이리저리 휘둘리다 속절없이 경기를 내주고 말았다.

세계대회 데뷔전 첫 승을 기록한 록시 타이거즈는 대회 첫 날 즐거운 미소를 머금고 복귀할 수 있었다.

이어진 C, D 그룹의 경기.

피닉스 스톰은 북미의 강호 클라우드10과 대전이 기다리고 있었고 ST T1의 상대는 동남아의 호랑이 ah club이었다.

첫째 날 ST T1은 편한 상대를 만나 손쉽게 승리를 거두고 다음 날 경기를 기다리고 있었다.

대진의 흥행력 덕분에 마지막 순서로 옮겨진 죽음의 C조 경기.

피닉스 스톰과 북미 리그 우승 팀 클라우드10의 경기는 대회 첫째 날 최고의 시청률을 계속해서 갱신하고 있었다.

[북미잼! 북미잼! 북미잼! 북미잼!]

[피닉스 스톰이 록시 타이거즈의 변칙에 흔들렸던 것처럼 북미잼에 무릎을 꿇을지도…?]

[정보) 북미잼이란 도박적인 전략, 게임 전반적인 난타전, 올인 백도어, 이해할 수 없는 오더 등 북미 리그 특유의 정돈되지 않은 색깔에서 나오는 재미를 뜻한다.]

[북미 경기들 하이라이트 보면 진짜 골때리던데 ㅋㅋㅋㅋㅋㅋㅋㅋㅋㅋㅋㅋㅋㅋㅋㅋㅋ]

[솔직히 보는 맛은 더 나긴 하지 대한민국 리그는 너무 정석, 정돈 이런 느낌이라 재미는 없음.]

[클라우드10이 뭘 준비해왔으려나?]

온라인에서도 끊임없는 팬들의 기대감이 표출되고 있었다.

두 강 팀의 맞대결이 시작되고 밴픽 페이즈부터 치열한 신경전이 펼쳐졌다.

"아아, 클라우드10이 미드라인으로 출전한 베놈 선수를 집중적으로 공략할 생각인 것 같습니다. 미드라인 3밴이네요. 이즈, 피이즈, 제이드. 전부 베놈 선수의 주력이죠."

"아아! 클라우드10의 선픽 차례인데 크레이브를 바로 가져가 버립니다! 베놈 선수가 유행시킨 크레이브 정글이죠!"

"베놈 선수는 입맛이 쓰겠는데요? 본인이 유행시키고 적팀이 사용하게 되니까 말이죠."

클라우드10은 마치 피닉스 스톰을 도발하듯 크레이브 픽을 가져가며 턴을 넘겼다.

의아한 부분은 있었다.

북미 구단 선수들이 크레이브 정글 유행 이후 적극적으로 사용하는 모습이 많이 보였다.

클라우드10 선수들이라면 충분히 사용할 수 있는 가능성이 있음에도 피닉스 스톰이 밴하지 않은 것은 의아한 일이었다.

이유는 단번에 알 수 있었다.

"아아! 피닉스 스톰이 정글 챔피언으로 올라크를 가져갑니다. 크레이브 정글을 개발했으니 상대하는 방법도 알고 있다는 건가요?"

"근거가 있죠. 크레이브 정글의 무서움은 안정적이고 빠른 정글링에 있습니다. 정글링이 불안정한 챔피언은 카정도 곧잘 당하는데요. 올라크라면 함께 빠른 성장을 할 수가 있죠."

"예, 그렇습니다. 같은 성장을 한다는 가정 하에 올라크에게는 적의 진형을 파괴한다는 강점이 있기 때문에 팀적으로 조금 더 좋은 선택이 될 수 있겠네요."

피닉스 스톰의 선택에 합당한 이유를 설명하는 해설진은 이대로 무난한 픽이 완성될 거라 생각했다.

하지만 그들은 소위 말하는 북미잼을 너무 가볍게 보고 있었다.

클라우드10은 탑 라이너로 기용할 챔피언을 남기고 고민을 거듭하다가 뜬금없이 수도승 픽을 가져갔다.

장내에는 이해할 수 없는 픽에 소란스러운 웅성거림이 울렸다.

모든 조합이 완성된 마지막 단계.

클라우드10은 정글로 향할 줄 알았던 크레이브를 탑 라인으로 돌려버렸다.

[아아! 북미잼!]

◆

크레이브를 탑으로 돌린 클라우드10의 전략은 그들의 색깔을 가장 제대로 표현할 수 있는 방법이었다.

간혹 북미잼이라는 소리로 놀림거리가 되고는 하지만 전투적이고 적극적인 그들의 색깔 자체를 부정할 수는 없었다.

조합이 완성되고 클라우드10은 개별 챔피언들이 어마어마하게 강력한 소규모 난전 위주의 조합을 얻을 수 있었다.

게임이 시작되고 드디어 그들의 의도를 읽은 팬들의 반응이 흘러 나왔다.

[잠깐! 이거 어디서 많이 본 그림 아니야?]

[대한민국 섬머 시즌 결승전이랑 같다. 무난하게 흘러간 첫 번째 세트를 록시 타이거즈가 완패하고 두 번째 세트부터 이런 모습을 보여줬지.]

[라인전 패왕 챔피언들로 구성해서 찍어 누르는 운영. 소규모 난전이 많이 벌어질수록 피닉스 스톰은 흔들렸어.]

[ㅋㅋㅋㅋㅋㅋㅋㅋㅋㅋㅋㅋㅋ 클라우드10이 제법 머리 좀 쓴 모양인데? 얼마나 교전으로 잘 이끌어갈지 모르겠네.]

[피닉스 스톰과 록시 타이거즈를 제외하면 거의 대부분의 한국 팀들이 저런 색깔 없는 안정적인 조합을 선호하지. 화끈하게 붙어봤으면….]

[교전 능력이 관건이네. 그림만 놓고 보면 클라우드10이 영리했다고 보인다.]

월드 챔피언십 무대에 대한 세계 팬들의 관심이 얼마나 큰 지 알 수 있는 대목으로 해설과는 별개로 본인들이 예측과 판단을 하고 의견을 나누는 커뮤니티 문화가 활성화되어 있었다.

워낙 많은 팬들의 의견이 오가는 덕분에 날카로운 지적과 평가도 많았고 해설진의 해설보다 영양가 높은 멘트도 심심찮게 볼 수 있었다.

하지만 게임은 이들의 예상과 너무 다른 방향으로 흘러갔다.

피닉스 스톰은 마치 클라우드10에게 차라리 크레이브 정글을 하지 그랬느냐고 묻는 듯 대수롭지 않게 플레이했다.

안정적이지 못한 탑 라이너에게 어떤 고통이 쏟아질 수 있는지 보여주겠다는 의지를 가득 안고 미드, 정글 라인에서 끊임없이 탑 라인에 개입하며 소규모 난전을 오히려 피닉스 스톰이 유도했다.

각개전투나 게임 초중반 소규모 난전에서 단연 유리해야 하는 것은 클라우드10의 챔피언들이었다.

그러나 순간적인 판단력을 근거로 한 반 박자 빠른 잘라먹기, 한 박자 빠른 합류와 후퇴 등 상황을 팀플레이로 주도하는 건 놀랍게도 피닉스 스톰이었다.

"싸우고 싶은 건 클라우드10 선수들인데요. 미묘하게 타이밍에서 선수를 빼앗기고 손해만 중첩되고 있습니다."

"피닉스 스톰 선수들이 영리하게 플레이하네요."

"록시 타이거즈에게 비슷한 방식으로 패배했던 피닉스 스톰인데요. 오히려 정석적인 플레이 안에서 훨씬 더 유기적인 움직임으로 해법을 찾은 것 같죠?"

"그렇네요. 어디까지 진화할 수 있을까 싶은 마음이 들 때 쯤 꼭 한 번 더 나아진 모습을 보여주고 있는 피닉스 스톰입니다. 더 단단해졌어요."

개인의 기량을 갈고 닦았던 여태까지의 모습과 달리 이번에는 팀의 호흡과 기량을 적극적으로 연마한 흔적이 게임

곳곳에 묻어났다.

점점 궁극에 가까워지고 있다는 느낌이 들었다.

그런 피닉스 스톰을 상대하기에 북미잼의 선두주자 클라우드10은 아직 아쉬운 기량을 선보이고 있었다.

[이 경기에 대한 기대감은 경기 시작 3분만에 처참하게 깨졌다.]

[클라우드10의 무기력한 패배가 예상했으나 예상과 다르게 받아들여진 경기.]

[어쨌거나 피닉스 스톰은 매우 강력하네.]

[조용히 대한민국 세 팀 전부 대회 첫 날 승리를 기록했다.]

[이번 시즌도 대한민국의 세계 제패를 지켜봐야만 하나?]

[북미잼으로는 안 된다!]

대회 첫 번째 날의 결과가 모두 나오고 각 그룹의 구단들 중 열세에 몰린 이들이 정보 교환을 시작했다.

둘째 날 상대하게 될 팀과의 경기에서 승점을 얻어야만 8강 본선으로 갈 가능성이 생기기 때문이었다.

이 과정에서 승리를 거둔 팀이나 연속해서 승리를 거둘 것으로 예상되는 강팀에 정보 교류가 들어오는 경우는 거의 없다고 봐도 무방했다.

작년 월드 챔피언십의 경우 ST T1은 모든 구단이 의도적으로 스크림을 받아주지 않는 악조건 속에서도 전승으로 우승을 거머쥐었다.

이번 시즌 대한민국의 세 팀 모두 그런 악의적인 상황에 빠지지 않을까 관계자들은 예상하고 있었다.

그런데 대회 첫째 날 날이 저물 때 즈음 피닉스 스톰 숙소로 한 통의 전화가 걸려왔다.

♦

우리는 저녁을 먹고 연습에 들어가기 전 심각한 분위기 속에서 팀 회의를 할 수밖에 없었다.

나를 포함한 여섯 명의 선수와 장 코치, 차 감독까지 모든 인원이 모인 자리였다.

장 코치가 먼저 입을 열었다.

"아까 얘기했던 것처럼 한 통의 전화가 걸려왔고, 우리가 내일 상대하게 될 에드워드가 사용할 핵심 픽에 대한 정보를 누군가 흘렸어."

"누가요?"

"알 수 없어. 발신된 번호가 전혀 남지 않았고 목소리도 처음 들어보는 목소리였다. 한국말을 했는데 발음이 어설

꼈던 게 꺼림칙하기도 해."

"정말 에드워드가 사용할 픽에 대해서만 얘기하고 바로 끊었다는 거죠?"

장 코치가 가볍게 고개를 끄덕였다.

전화를 걸었던 누군가는 '내일 에드워드는 탑칼리나와 젤리맨을 쓴다.' 라고 할 말을 끝낸 뒤 전화를 끊었다.

의문의 전화로 알게 된 정보는 에드워드가 사용할 두 개의 챔피언이었다.

하나는 탑 라인에서 기용될 아칼리나였고 다른 하나는 정글에서 사용될 젤리맨이었다.

젤리맨 픽을 먼저 보여주면서 탑 심리전을 걸 수도 있었고 아칼리나를 먼저 선택해 탑과 미드라인에 혼란을 줄 수 있는 괜찮은 전략이었다.

두 개의 픽을 핵심으로 중국 선수들 특유의 저돌적이면서 침착한 운영으로 잘라먹기, 강제 이니시 등 주도권을 잡기 위한 준비를 한다고 볼 수 있었다.

아칼리나나 젤리맨 자체가 지금 메타에서 잘 쓰이고 있지 않은 챔피언이라 모르는 상태로 당했으면 매우 곤란했을 것은 분명했다.

그러나 문제는 이 정보가 사실인지 거짓 정보인지 분간할 수가 없다는 것이었다.

세계 지역의 실력으로 보자면 대한민국이 단연 1등이라고 꼽히겠지만 크지 않은 격차로 바짝 뒤를 쫓는 지역이 바로 중국이었다.

엄청난 머니 파워로 정상급 선수들을 끊임없이 사들여 리그 자체의 수준을 상향시킨 무시무시한 지역이었다.

그런 적을 상대하는데 있어 정보라는 것이 얼마나 큰 힘을 갖게 되는지 굳이 말하지 않아도 알 사람들은 알고 있었다.

정보의 힘은 양날의 검처럼 다가온다.

제대로 알고 있다면 휘두를 수 있는 힘이 되지만 잘못 알고 있다면 크게 당할 수 있다는 것이다.

어느 소속의 누군가가 전해준 정보인지 또, 그것이 사실인지 아니면 거짓인지도 모를 두 개의 챔피언 이름이 우리 모두를 당혹케 하고 있었다.

내가 팀원들에게 말했다.

"그냥 흘린 정보라기에는 정교한 짜임새가 보여요. 탑칼리나를 사용함으로 여러 선택지에 혼선을 줄 수 있죠. 거기다 상대하려면 지금 메타 챔피언들과 너무 달라서 전혀 다른 방식의 챔피언을 선택해야 가능해요."

"대처 가능한 챔피언 중 우리 주력에 겹치는 게 없다는 말이지?"

"뿐만이 아니라 밴 카드로 저격하기에는 에드워드 팀 자체에서 지금 메타에 어울리는 강력한 챔피언들을 잘 사용해요. 밴과 픽 모두를 전혀 다르게 해야 대처가 가능하니까 난감한 상황인 거죠."

간단하게 상황을 정리해서 설명하니 팀원들의 얼굴에 어두운 빛이 서렸다.

전략적인 것은 코칭스태프가 대부분 처리하지만 게임에 적용하는 건 선수들의 몫이었다.

얼마나 어려운 상황에 직면했는지 본능적으로 느끼고들 있는 것이다.

머릿속이 복잡할 모두를 위해 다시 한 번 간단하게 보기를 제시했다.

"우리가 지금 할 수 있는 방법은 두 가지에요."

"그게 뭔데?"

"정보를 사실로 생각하고 준비하는 것과 정보를 신경 쓰지 않고 하던 것을 하는 것."

"적당히 둘 다 대비할 방법이 없는 거네…."

애석하지만 고개를 끄덕였다.

기본적으로 첫 번째 밴 카드를 잘못 날리는 순간 엄청난 패널티를 안고 간다고 생각해야 한다.

의미 없는 밴을 사용해 에드워드의 의중을 살핀다거나 했을 때 짊어져야하는 짐의 무게가 너무 무거웠다.

그 때 차 감독이 나지막하게 중얼거렸다.

"장노철이 그 놈이라면 귀신같이 알아챌 수 있을 텐데…."

나는 팀 회의를 잠시 중단하더라도 차 감독의 중얼거림에 대한 해답을 알고 싶었다.

전생에 내가 감독으로 모시던 장노철 감독.

당시에는 코치로서 내가 해야 할 것들을 잘 해냈기에 장노철 감독의 진짜 무서움을 알게 된 건 이번 생이었다.

도대체 그에게 숨겨진 진짜 힘은 뭔지 아직 파악도 못한 상태.

그저 다양한 전략전술의 운용과 적용이 가능한 비상한 머리 정도를 꼽았다.

그런데 이런 상황에 장노철 감독은 짐작할 수 있는 뾰족한 방법이라도 있다는 말인가?

그걸 알 수 있다면 이후 다시 록시 타이거즈를 만나더라도 조금 더 수월한 상대가 가능할 것 같았다.

"각자 방법 좀 고민해보고 잠시 쉬었다가 다시 하죠."

내 말에 선수들이 흩어졌다.

몇몇은 화장실로 향했고 몇몇은 탑칼리나, 젤리맨에 대한 정보를 탐색하기 위해 컴퓨터 앞에 앉았다.

나는 자판기 음료를 마시기 위해 복도로 나가는 차 감독을 따라갔다.

"감독님!"

"어, 진욱아. 너도 하나 마실래?"

"넵."

자연스럽게 접근한 나는 차 감독이 뽑아준 이온음료를 따서 다시 건넨 다음 조심스럽게 물었다.

"저…. 감독님. 아까 록시 장 감독님이라면 이 상황 눈치 챌 수 있다고 하신 말씀이요."

"아, 그거? 그냥 그런 생각이 들어서. 왜?"

"장 감독님은 무슨 수로 그런 걸 잘 눈치 챌까요? 그냥 타고난 건가요?"

차 감독은 이온음료를 꿀꺽꿀꺽 몇 모금 들이켠 후에야 입을 열었다.

"장노철이 그 녀석 타고난 두뇌가 비상한 건 선수 시절부터 유명했지. 그런데 진짜 무서운 점은 그게 아니야."

"그럼 뭐죠?"

"발이 넓어. 아니, 정확하게 말하면 필요한 사람을 여기저기 잘 꽂아. 혹은 여기저기 흩어진 사람과 관계를 잘 만든다고 할 수도 있지."

애매모호한 차 감독의 말에 고개를 갸우뚱했다.

차 감독은 그럴 수 있다는 듯 고개를 끄덕이며 설명을 덧붙였다.

"아마 중국 구단 측 관계자들 중에 한두 놈은 자신도 모르는 사이에 차 감독에게 정보를 빨리고 있을 거야. 어쩌면 에드워드에 빨대가 있을지도 모르지."

거기까지 들은 나는 나도 모르게 이마를 탁! 칠 수밖에 없었다.

왜 그걸 생각하지 못했을까?

전생에 모시던 장노철 감독 역시 인맥 관리하나는 둘째가라면 서러울 정도의 사람이었다.

나는 그 모습을 단지 코치로서 내가 모든 역할을 잘 해내고 있기에 감독으로서 대외적인 역할만 담당한다고 생각했다.

이제와 생각해보면 탁월해도 그만큼 탁월할 수가 없었다.

그의 인맥 관리 덕을 본 게 한 두 번이 아니었다.

사소하게는 협회 사람들과 친한 덕분에 대회 일정이나 바뀌는 규칙, 패치 적용 시점 등 어차피 알려질 정보를 며칠 일찍 접할 수 있는 경우도 허다했고 해외 대회 직관을 위한 티케팅도 앉은 자리에서 받을 수 있었다.

그래, 이러한 것들이 모이고 모여 강점이 될 수도 있다는 걸 지금의 차 감독처럼 인식하지 못한 채 지내다가 결국 장노철 감독은 사람 좋아하는 사람 정도로만 치부할 수도 있던 것이다.

나는 힌트를 얻은 김에 곧장 장노철 감독에게 연락을 결심했다.

30장. 꿈은 이루어진다.

프로게이머

PROGAMER

프로게이머
PROGAMER

30장. 꿈은 이루어진다.

솔직하게 말해서 장노철 감독이 우리를 도와줄 수 있는 상황이라고 하더라도 도와줄 필요는 없었다.

어떻게 보면 돕지 않는 편이 훨씬 전략적이었다.

우리가 에드워드에게 일격을 당해 조 2위로 내려앉으면 무난하게 조 1위로 본선에 진출할 ST T1과 맞붙을 가능성이 높기에 손 놓고 코 푸는 격이 될 수 있는 상황이었다.

8강에서 우리가 맞붙지 않는다면 대한민국 팀이 결승 상대로 올라오는 확률이 높아지지만 8강에서 우리가 맞붙어버리면 다른 지역의 상대가 결승전으로 올라갈 확률이 상대적으로 높아지기 때문이다.

하지만 나는 장노철 감독이 우리를 도와줄 것이라고 확신했다.

정확하게 말하면 그렇게 만들 수 있었다.

프로게이머 중 승부욕 없는 사람이 누가 있겠느냐마는 애초에 선수 시절부터 승부욕 하나 만큼은 어마어마했던 인간이 바로 장노철 감독이었다.

그런 성향은 선수를 그만둔 이후에도 끝나지 않았다.

내가 코치로 그의 밑에 있는 동안 이따금씩 이해할 수 없는 패배를 당하면 엄청난 질책이 쏟아지기도 했으니 확실하게 기억한다.

섬머 시즌 전 세계대회 올스타전에서 동행할 당시 받아두었던 연락처로 전화를 걸었다.

신호음이 몇 번 울리지 않아 장노철 감독이 전화를 받았다.

[그래, 진욱아. 무슨 일이야?]

"감독님 첫 경기 승리 축하드립니다."

[너희도 축하한다. 소규모 난전 경기에 대해서 확실하게 대비 했더라? 인상적이었어.]

역시나 입질이 온다.

섬머 시즌 결승전에서 이들에게 패배한 다음 갈고 닦았던 걸 꼬집고 있었다.

이 또한 승부욕 때문에 나오게 되는 사소한 도발이다.

어차피 이럴 걸 알고 있었기 때문에 크게 개의치 않았다.

"다시 만나면 아마 그때 그 전략은 못 쓰실 겁니다."

[크큭, 그래, 게임 보니까 그럴 것 같더라. 그나저나 무슨 일이야?]

"부탁드릴 게 있어서요."

[나한테?]

되묻는 장노철 감독의 목소리에 묘한 이질감이 섞여 있다는 것이 느껴졌다.

모르긴 몰라도 이미 에드워드 측과 접촉이 있었던 것 같았다.

어떻게 알고 자신에게 연락했는가싶은 낌새가 느껴졌다.

쇠뿔도 단김에 빼라고 이야기를 꺼낸 김에 노골적이고 직설적으로 물었다.

"감독님 올스타전 때 보니 중국 선수들과도 몇 친분이 있으셨던 것 같은데요. 저희가 내일 상대하게 될 에드워드에 대해 정보가 있으시다면 알려주셨으면 좋겠습니다."

[내가 왜 그래야 하지?]

"결승전에서 혹시 타이거즈 꺾고 우승하기 전에 괜히 체력 빼고 싶지 않아서요. 어쩌다가 ST T1이랑 붙어서 체력 빠지면 감독님께 죄송하잖아요."

[최고의 상태가 아니어도 우리 꺾고 우승할 거란 말이지?]

"맞아요."

던져놓고 나서야 정적이 흘렀고 초조함이 느껴졌다.

장노철 감독이 과연 이 도발을 어떻게 받아들일까?

잠깐의 정적 후에 장노철 감독의 목소리가 들렸다.

[전화 한 통 받았지?]

"네, 어떻게 아셨죠?"

[오해하지 마. 내가 시킨 거 아니니까. 그리고 내게 어느 정도 휴민트가 있다는 걸 알기 때문에 도와달라고 전화한 것 아냐? 캐묻는 건 사절이야. 어쨌거나 그 정보는 아마 사실일 가능성이 커. 내가 해줄 수 있는 말은 거기까지.]

"감사합니다. 결승전에서 뵙죠."

[그래, 이렇게 도발해놓고 미끄러지지나 말라고. 전력으로 들어와. 상대해줄 테니까.]

짧고 명료한 통화였다.

이번 생 우리의 첫 통화는 그렇게 마무리 되었다.

어쨌거나 내가 생각한 승부욕을 자극하는 도발이 먹혀들었다고 볼 수 있었다.

나는 한결 가벼운 걸음으로 팀원들이 기다리고 있을 숙소로 돌아갔다.

◆

대회 두 번째 경기가 펼쳐지는 오늘.

첫 날보다 훨씬 흥미로운 경기가 많은 하루였다.

그 중에서도 눈에 띄는 두 개의 매치 업!

바로 대한민국의 우승 팀 록시 타이거즈와 동남아의 절대강자 플래시 워리어즈의 경기가 하나 있었고 메타의 선두 피닉스 스톰과 중국 리그의 황제 에드워드의 경기가 있었다.

록시 타이거즈의 상대 플래시 워리어즈는 각 지역의 강팀들을 상대로 모두 승리를 거둔 경험이 있을 만큼 동남아 대표라는 것이 믿기지 않는 실력을 지니고 있었다.

동남아 팀으로는 대표적인 강팀들을 상대로 모두 승리한 경험이 있다는 기록 자체가 유일무이한 기록이었다.

그러나 승리의 경험이 있다고 해서 언제나 우위에 서는 것은 아니었다. 사실을 들여다보면 승리라는 기록이 있을 뿐 패배의 수치가 훨씬 높았다.

이번 경우도 마찬가지였다.

대한민국이라는 가장 강력한 지역 리그 무대에서 우승한 록시 타이거즈를 상대로 플래시 워리어즈는 세계대회 무대 경험이 더 많다는 것을 제외하면 어떠한 이점도 없었다.

심지어 록시 타이거즈와는 첫 대면이기에 승리의 경험도 없었다.

그렇게 양 팀의 첫 번째 맞대결은 조금 싱겁게 끝나버렸다.

[세계무대의 긴장감과 압박감을 어떻게 이겨내야 하는지 잘 알고 있는 플래시 워리어즈는 그 방법을 너무도 잘 알고 있는 나머지 그만 긴장감과 압박감을 홀라당 벗어 던진 것 같았다. 게임이 시작되어 끝날 때까지 무력하게 록시 타이거즈의 의도대로 끌려 다니다가 그들이 원하는 타이밍에 원하는 방식으로 패배해버리고 말았다.]

[월드 챔피언십 무대 역사상 가장 무기력한 게임이었다. 플래시 워리어즈의 기량은 늘 가파른 기복의 곡선을 그리는데 하필 최저점을 찍은 것이 바로 오늘이었을까?]

[록시 타이거즈의 변칙과 새로운 시도는 북미의 그것과 궤를 달리한다. 변칙에 한국적인 안정감을 접목한 듯 모든 움직임에는 이유가 있어 보인다. 이들의 게임만 놓고 보면 마치 그들의 플레이가 정석이 아닌가 싶을 정도다.]

[언젠가부터 시작된 격동의 패치 전쟁 속에서 피닉스 스톰이 메타를 선도했다면 이제는 록시 타이거즈가 새로움 패러다임을 제시하는 것이 아닌가 싶다. 다른 구단들의 플레이는 로크의 유저들이 보여줄 수 있는 최고 정점의 플레

이라는 것은 확실하나 록시 타이거즈의 플레이는 말 그대로 프로 선수들의 플레이 레벨이라는 것이다.]

세 번째 경기로 배정된 록시 타이거즈와 플래시 워리어즈의 경기가 끝난 지 5분도 되지 않았는데 벌써 각종 커뮤니티와 E스포츠 기사 페이지는 수많은 글로 도배되어 있었다.

하지만 그 시간도 그렇게 오래 가지 못했다.

곧바로 두 번째 날의 마지막 게임까지 장식한 피닉스 스톰의 경기가 펼쳐졌기 때문이다.

피닉스 스톰과 에드워드의 맞대결은 미리 보는 결승전이라는 조심스러운 목소리도 나올 만큼 많은 이들이 주목하고 있었다.

사실 이들이 속한 그룹을 죽음의 조로 만든 주범 두 팀이었으니까 말이다.

한국과 중국의 자존심 대결과 같은 분위기도 웹상에서는 많이 퍼져 있었다.

얼마 전까지만 하더라도 ST T1이 아니면 이런 분위기가 조성되기에는 약간 무리가 있었을 텐데 이미 피닉스 스톰과 록시 타이거즈는 세계 팬들에게 같은 선상에 선 클래스로 인정받은 것이나 다름없었다.

어쨌거나 흥미로운 매치 업이 시작되고 세계 팬들의

관심이 집중된 상태에서 놀라운 밴픽 장면이 연출되었다.

"양 팀이 준비한 카드가 따로 있나요? 밴픽이 노골적이네요."

"예, 적당히 서로에게 위협적인 카드를 밴하고 나머지 남는 걸 나눠 가지는 것이 일반적인 흐름인데요. 아예 작정한 듯 현 메타에서 가장 영향력이 큰 챔피언들을 서로 잘라버렸어요. 메타 챔피언은 다 죽었다고 봐도 되겠네요."

"그 말인즉 새로운 구도의 게임이 나온다는 거죠!"

"그렇게 흘러가면 에드워드가 조금 더 유리할 수 있습니다. 워낙 전투적인 걸 좋아하는 팀이라서 말이죠."

밴 페이즈가 끝나고 이어진 픽 순서.

양 팀에서 대세 챔피언들을 다 잘라내고 어떤 챔피언으로 승부를 볼지 기대감은 더욱 커져 있었다.

먼저 카드를 꺼내 보인 것은 에드워드였다.

"아칼리나요? 아칼리나가 나옵니다!"

"와아, 아칼리나가 공식전에서 모습을 드러낸 것이 얼마 만인가요? 게다가 월드 챔피언십 무대라니요!"

"아직 저 아칼리나가 어느 라인으로 갈지는 알 수 없습니다. 연습 데이터를 살펴보면 탑과 미드라인으로 골고루 갔거든요? 피닉스 스톰이 골머리를 좀 앓겠는데요?"

해설진의 예상과 달리 피닉스 스톰의 게임 부스 안은 평화로웠다.

그도 그럴 것이 이미 전날 장노철 감독의 도움 덕분에 탑 칼리나와 젤리맨의 등장을 예상하고 있었으니 그에 대한 대비책도 준비해왔을 것이 분명했다.

그 대비책의 일환 중 하나가 바로 메타 대세 챔피언들의 밴이었다.

마치 에드워드가 자신들의 일격이 제대로 먹힐 수 있다고 생각하도록 만드는 것이다.

"피닉스 스톰의 첫 번째 선택은 거미여왕입니다! 두 번째로 벌써 미드 카드를 꺼내 드나요? 아칼리나가 미드 라인으로 올 거란 생각 때문일까요? 아무런 의심 없이 제이드를 먼저 꺼내 들었습니다."

"곧바로 에드워드에서 챔피언을 고르네요. 젤리맨! 아아아아아아! 젤리맨이 등장합니다! 이건 또 얼마만인가요!"

거대한 경기장에 팬들의 환호가 가득 울렸다.

아칼리나와 젤리맨.

일반적이지 않은 공식전에서 보기 힘든 조합의 챔피언들이었다.

"아칼리나가 미드라인, 젤리맨이 탑 라인으로 가는 것 같습니다. 제이드 픽이 먼저 나온 덕분인지 에드워드의 탑, 미드도 비교적 빠르게 공개가 되었네요."

"대세 챔피언을 서로 다 잘라버리고 보여주는 밴픽의 향연! 피닉스 스톰은 어떻게 대응할까요?"

모두가 궁금해하는 피닉스 스톰의 답은 생각보다 빠르게 나왔다.

"아아! 르넥톤과 트레쉬를 가져갑니다?"

"젤리맨을 르넥톤으로 맞받아치겠다는 것 같고요. 원거리 딜러는 에드워드의 완성된 조합에 따라 가겠다는 의지로 마지막까지 숨겼습니다. 범용성 좋은 트레쉬를 가져간 것도 그렇게 해석이 됩니다."

해설진의 부연 설명이 많이 붙어 있었지만 모두 헛다리를 짚고 있었다.

르넥톤 픽의 이유는 탑칼리나를 숨도 못 쉬겠다는 것이었고 트레쉬 픽의 의미는 젤리맨의 이니쉬를 편리하게 막아내겠다는 것이었다.

사실 에드워드의 조합이 이 두 개 챔피언 중심으로 짜여 있을 것이었기에 이 정도 대비만으로도 큰 효과를 볼 수 있었다.

마지막 순서에는 또 한바탕 함성이 경기장을 휩쓸고 지나갔다.

에드워드가 아칼리나를 탑으로, 젤리맨을 정글로 돌리면서 심리전의 결과를 보여줬기 때문이다.

하지만 어째서인지 조합에서 피닉스 스톰이 밀리는 느낌은 하나도 받을 수가 없었다.

게임 시작과 동시에 피닉스 스톰은 무서우리만치 집요하게 탑과 정글을 파고 또 팠다.

에드워드가 준비한 깜짝 카드이니만큼 대응력에 한계가 있을 거란 점을 노린 것이다.

강력한 탑 라이너 르넥톤과 강력한 정글라이너 거미여왕의 조합으로 적의 탑칼리나와 젤리맨을 완전히 숨도 못 쉴 만큼 궁지에 몰아넣는데 성공한 피닉스 스톰은 너무나도 당연하다는 듯 제이드를 사이드로 돌리며 운영을 시작했다.

스플릿 푸시를 막아낼 만큼 강력한 챔피언이나 기량이 없던 에드워드는 지속적으로 정식 한타를 유도했고 경기 중후반 피닉스 스톰은 본인들이 원하는 타이밍에 에드워드의 이니쉬를 받아치며 기가 막힌 대승을 거두었다.

♦

대회가 거듭될수록 세계 팬들은 대한민국 팀들의 압도적인 기량에 혀를 내두를 수밖에 없었다.

록시 타이거즈, 피닉스 스톰, ST T1.

같은 지역에서 온 전혀 다른 색을 지닌 세 팀은 조별 예선을 모두 전승으로 이끌며 8강에 안착했다.

강력한 우승 후보 세 팀으로 꼽히며 받은 팬들의 평가는 굉장했다.

[록시 타이거즈]

[지금껏 본 적 없는 스타일의 변칙 플레이를 가히 정석의 영역까지 끌어 올린 다채로운 색을 지닌 팀. 새롭고 강렬한 색으로 무장했기에 아직 뚜렷한 파훼 방법이 없어 우승권 도전에 유리하다.]

[피닉스 스톰]

[정석적인 프레임에서 크게 벗어나지 않지만 고도의 심리전을 이용해 핵심 챔피언 한, 두 개로 수 만 가지 색을 낼 수 있는 팀. 극단적인 조합도 안정적으로 운영할 수 있기에 언제나 경우의 수가 많다.]

[ST T1]

[대세와 흐름을 거슬러 스스로의 실력과 노련함을 궁극의 경지까지 끌어올린 클래식한 팀. 전략과 전술은 언제나 예상범위 안에 있지만 슈퍼스타의 기량이 늘 예상을 깨버림으로 모든 것을 보여준다. 역설적으로 가장 까다로운 상대.]

8강 진출 팀 특집으로 꾸려진 팀 분석 페이지의 대한민국 구단 평가에는 온갖 피드백을 위한 댓글이 수 만 개씩 달려 있었다.

적극적으로 동의하는 내용, 과대평가라며 냉정한 시선을 보내는 내용, 오히려 부족하다며 다른 강점까지 보충하는 내용 등 천차만별의 의견이었지만 바로 다음 페이지에서 실시한 우승 팀 예측 설문에서 1,2,3위를 나란히 한국 팀이 가져가는 위엄을 보여줬다.

8강전으로 시작된 본선의 치열함은 어느 때보다 뜨거웠다.

대한민국 3팀, 중국 2팀, 북미 1팀, 유럽 2팀.

누구나 이름만 들으면 고개를 끄덕일 수밖에 없는 지역별 강팀들이 8강에 안착했다.

예선에서 큰 이변이 없었던 것이다.

이틀에 걸쳐 치러질 8강 대진표도 화끈했다.

록시 타이거즈 [대한민국] VS H3K [유럽]

CRG [북미] VS RMG [중국]

피닉스 스톰 [대한민국] VS 오리진 [유럽]

ST T1 [대한민국] VS 에드워드 [중국]

피닉스 스톰에게 폭탄을 던지려다가 저지당한 에드워드가

조 2위로 진출하며 ST T1을 만나게 되고 남은 두 개의 한국 팀은 유럽 강자들과 대전이 예정되어 있었다.

8강전 일정 첫 날은 록시 타이거즈와 H3K의 대결, 이어서 CRG와 RMG의 대결이었다.

H3K는 이번 시즌 유럽의 자존심이라는 별명을 획득하며 새롭게 영입한 한국인 미드라이너 You의 활약을 앞세워 세계무대 우승도 노려볼만한 팀이라는 평가가 있었다.

아무래도 시즌을 휘어잡았던 한국인 미드라이너가 에이스다 보니 양 팀의 게임에서는 한국인 미드라이너 대전이 주목할 만한 포인트였다.

승부는 생각보다 싱거운 형태로 끝나 버렸다.

한국인 에이스 You가 합류하면서 독창적인 유럽 특유의 색보다 다소 안정적인 미드 라인 중심의 운영이 익숙해진 H3K는 자신들의 지역인 유럽보다 훨씬 자극적인 색을 무장하고 나온 록시 타이거즈에게 적응하지 못했다.

뱁새가 황새를 따라가다가는 가랑이가 찢어진다는데 가랑이가 찢어지기 전에 궁극의 뱁새를 만나 응징당한 꼴이었다.

그나마 한국 팬들에게 어필한 것은 세계무대에서 더 많은 한국 선수들을 만날 수 있다는 즐거움 정도였다.

두 번째 경기였던 CRG와 RMG의 경기에서도 한국인 선수를 찾아볼 수 있었다.

중국 팀 RMG에 한국 탑 라이너와 서포터가 포함되어 있어 한국 팬들의 즐거움은 끊이지 않았다.

결과는 중국 머니 파워의 상징 RMG의 압도적인 승리.

이로써 피닉스 스톰의 4강 대진 상대는 RMG로 결정되고 8강 일정 둘 째 날을 맞이했다.

오늘 경기 초미의 관심사는 4강전 대한민국 내전이 성사되느냐에 있었다.

대한민국 구단들이 이겨서 4강전에 가는 것도 재미있는 그림이 되겠지만 두 팀 중 어느 한 팀이 일격을 당하거나 모두 떨어져버리는 것도 충격적인 이슈가 될 정도로 중요한 경기였다.

팬들 입장에서는 어느 결과나 나와도 재미있겠지만 그 중에서도 제일을 꼽으라면 당연히 대한민국 내전이었다.

8강 두 번째 일정의 첫 경기는 피닉스 스톰과 오리진의 대결이었다.

이 대결에 특별한 인연도 하나 있었다.

바로 저번 세계무대인 올스타전 2인 1조 모드에서 탑 라이너로 손발을 맞춘 베놈과 로아즈의 재회였다.

대회 최고의 명장면으로 꼽힌 키모의 독버섯 펜타킬을 합작한 두 선수가 탑 라이너로 맞붙게 된 것이다.

이 특별한 인연에 많은 사람들이 두 선수 중 누군가는 키모를 전략적으로 사용할지 모른다는 예상이 돌았다.

◆

게임 대기 중 채팅 창에는 오리진 선수들과 서로의 간단한 인사가 짧은 영어 단어로 오갔다.

나를 잊지 않았는지 로아즈가 먼저 대화를 걸어왔다.

[오랜만이야. 파트너.]

[나도 반가워. 잘 지냈어?]

[이 자리에 앉아 있는 것 보니 잘 지낸 것 같다. 너 역시 그런 것 같네.]

[그렇지 뭐. 좋은 경기 해보자.]

로아즈는 나를 파트너라고 불러주었다.

아무래도 세계무대에서 내가 처음 호흡을 맞췄던 상대였고 이후 이래저래 이름값도 많이 올려둔 터라 그에게도 나에게도 특별한 추억인 것은 맞았다.

하지만 경기가 코앞이었다.

과도한 친목 다지기는 게임에 방해가 될 수 있었다.

나는 딱 거기까지만 말하고 게임에 집중하기 위해 긴장감을 조절하려 했다.

그러나 로아즈의 채팅이 이어졌다.

[키모 조심해.]

그 한 줄의 채팅 때문에 갑자기 머릿속이 혼란해지기 시작했다.

키모라는 픽은 탑 라인에서 언제나 전략적으로 사용 가능한 챔피언이었다.

1:1 싸움에서 강력했고 전장을 재단하거나 강제할 수 있는 능력이 있는 챔피언이었다.

잘 써먹기는 힘든 챔피언이지만 그렇다고 못 써먹기도 힘든 사용자의 역량에 따라 어떤 색도 입힐 수 있는 챔피언이었다.

대한민국 프로 리그에서 잘 모습을 드러내지 않는 이유는 안정성이라는 특유의 가치관 때문이었고 키모에 맞춰 운영하기 위해서는 일반적이지 않은 특수한 운영법이 필요했기에 연습 시간의 모자람도 한 몫을 했다.

그런데 로아즈는 마치 그런 키모를 사용할 것처럼 이야기하고 있었다.

저 말이 사실인지 아닌지 분간할 수가 없었다.

안 그래도 온라인에서 많은 이들이 과거의 인연을 부추기며 나의 탑 라인 출전을 빌미로 키모의 등장 가능성을 이야기하는 바람에 복잡해진 와중이었다.

문제는 우리가 오늘 준비한 전략 자체가 스플릿에 기반을 둔 조합이기에 정말 키모가 등장하면 전장이 제한당하면서 크게 말릴 수 있다는 부분이었다.

지금이라도 방향을 틀어야 하나?

그 전에 저들이 정말 키모를 사용할까?

별 것 아닌 한 마디에 엄청난 심리전이 숨어 있었다.

유럽의 독특한 성미라면 충분히 사용할 수도 있는 일.

게임 내적인 부분을 제외한 다른 요소에서도 끊임없이 전략과 전술이 오가는 게 바로 월드 챔피언십 무대라는 것이 실감나기 시작했다.

코치였을 땐 몰랐던, 선수 입장이 되어야만 보이는 고민들이 한두 가지가 아니었다.

◆

밴픽 페이즈에 들어서고 로아즈는 회심의 미소를 지었다.

많은 사람들이 이 두 팀이 맞붙게 되었을 때 아무래도 피닉스 스톰이 승리할 가능성을 높게 점치는 경향이 있었다.

유럽 선수들 특유의 자존심이 그런 외부의 반응을 곱게 바라볼 리 만무했다.

그래서 로아즈가 수를 썼다.

함께 호흡을 맞추던 베놈이라는 인간을 떠올려 보니 어느 상황에서도 포기하지 않고 역전할 길을 찾아내는 승부욕의 화신과 같은 이미지가 떠올랐다.

함께 호흡을 맞춰 대회 명장면도 만들어 냈으니 조금 더 파악이 수월했다고 볼 수 있다.

그 과정에서 승부욕보다 더 중요한 게 뭔지 떠올릴 수 있었다.

오더. 전략. 전술.

게임이 힘들게 기우니 총대를 메고 국적이 제각각 다른 선수들에게 오더를 시작했고 게임을 뒤집어내는 저력을 보여줬다.

처음 챔피언을 키모로 정할 때도 여러 가지 전략적인 요소를 염두에 두고 의견을 제시했다.

오랜 선수 생활 중 깨달은 바로는 이런 부류의 인간들일수록 아주 사소한 것으로 흔드는 게 크게 먹힌다는 사실을 알고 있었다.

예를 들어 가위바위보라는 간단한 룰의 게임을 하기 전 내가 어떤 것을 낼지 미리 이야기하는 것만으로 상대방을 혼란스럽게 만드는 기술 같은 것이다.

먹히면 좋고 안 먹혀도 그만.

딱 그런 생각으로 키모를 이야기했다.

그리고 제대로 먹혀들었다.

“아아! 부담감이 있었나요? 피닉스 스톰 선수들! 키모를 제거하는데 밴 카드를 사용합니다.”

“아무래도 유럽 선수들 중에서도 최고로 다양한 픽을 소화했고, 다양한 포지션을 소화했던 로아즈 선수를 경계하는 것이죠?”

“그리고는 해적선장을 가져가네요. 베놈 선수! 리뉴얼 된 해적선장을 정말 잘 활용하는 선수입니다만 키모를 상대하기에는 조금 까다로운 면이 있습니다. 그래서 밴 카드로 활용해버린 것 같아요.”

“이렇게 되면 로아즈 선수가 가져갈 챔피언을 막지 못했죠?”

“팡테온, 올라크, 제이크 중 하나가 되겠지만 아무래도 제이크겠죠? 키모 자리에 들어가야 할 챔피언은 제이크였을 테니까요.”

해설진의 예상대로 최근 떠오르는 캐리형 챔피언 제이크를 오리진이 가져가 버렸다.

리뉴얼 된 해적선장을 상대하기에 이보다 좋은 챔피언이 없을 만큼 상성상 유리했다.

스플릿 푸시 중 교전의 불리함보다 전장을 제한당하는 게 더 크게 다가온 걸까?

어쨌거나 피닉스 스톰은 선택을 했고 오리진은 제이크를 중심으로 조합을 꾸렸다.

완성된 조합만 놓고 봤을 때 오리진이 조금 더 리치가 길고 유리해 보이는 것이 사실이었다.

게임이 시작되고 옵서버 화면은 의도적으로 탑 라인을 조금 집중적으로 비춰주었다.

최고의 명장면을 만들어 냈던 파트너가 서로를 누르고

상위 라운드로 올라가야하는 벼랑 끝에서 만난 것이다 보니 소위 말하는 그림이 나오는 장면이었다.

1세대 게임 리그였던 스타크래프트에 비해 스토리텔링이 많이 떨어지는 지금이 아닌가.

해적선장과 제이크의 대결은 제이크의 공격일변도로 해적선장이 매우 밀리는 모습이었다.

탑으로 출전해 해적선장을 잡았을 때 베놈이 밀리는 그림이 많지 않았기에 색다른 모습이었다.

피닉스 스톰의 선택은 어차피 몇 번의 갱킹으로 숨통을 틔워도 계속해서 밀릴 것이 뻔한 해적선장을 버리고 미드와 바텀라인을 키워 해적선장의 궁극기 지원으로 동반성장하는 그림이었다.

오리진은 전혀 반대의 그림을 그리고 있었다.

피닉스 스톰의 핵심 선수!

최고의 에이스!

올 라운더 플레이어 베놈 권진욱!

그를 무너뜨리면 팀도 함께 무너진다.

오리진의 판단이었고 그것을 그대로 실현시키기 위해 대부분의 역량을 탑 라인에 집중시켰다.

팀에서 케어해주지 않는 탑 라인이 이번 게임 최대의 격전지가 될 상황에 놓인 피닉스 스톰의 획기적인 돌파구가 필요한 순간이었다.

♦

부스 안에 맴도는 기류가 묘한 이질감을 가져다주었다.

키모 전략에 말려 완전히 밴픽부터 틀어진 게임.

탑 라인은 궁극기 지원으로 동반성장하며 다른 라인에 집중하겠다는 전략까지 오리진이 들고 나온 전략에 완전히 상쇄되어 버렸다.

가위, 바위, 보.

세 개의 카드 중 두 개 씩 꺼내 들고 하나를 골라내서 상대를 이겨야 한다면 우리는 똑같은 카드를 두 개 들고 있는 것과 다르지 않을 만큼 불리한 상황이었다.

조합에서도 밀렸고 탑 라인을 버리는 전략에서도 밀렸다.

어떻게 보면 우리가 들고 있는 카드를 이기는 카드만 오리진이 두 개를 들고 있다고 봐도 좋을 만큼 힘든 상황에 처한 것이다.

그렇다 보니 팀원들의 플레이 하나, 하나가 점점 힘이 빠져나가는 것이 느껴졌다.

어차피 조별예선은 지나왔고 이제부터 3판 2선승제 경기가 치러진다.

이번 경기를 그냥 내주더라도 남은 경기를 다 잡아내면 4강에 진출할 수 있는 것이다.

아직 기회가 남았음에 안도하며 힘을 빼는 느낌.

그것이 내가 느낀 이질감의 정체였다.

어째서?

이 인간들은 세계대회가 주는 중압감이란 없는 것인가?

부글부글 끓고 있는 와중에 맏형이자 미드라이너로 전향해 출전한 장시우가 입을 열었다.

"게임 어렵네. 손 푼다고 생각하자. 다음 게임부터 밴픽 제대로 짜서 잡아버리자고. 2승만 먼저 챙기면 돼!"

내 성격을 잘 아는 동갑내기 정글러 상규와 서포터 남규가 장시우의 발언이 있자마자 슬쩍 나를 바라봤다.

내 분위기를 살피는 것이다.

이미 부글부글 끓던 차에 도저히 묵과하고 넘어갈 수 없었다.

"게임 중에 모니터에서 시선 떼지 마!"

다소 무거운 목소리로 소리치자 상규와 남규가 서둘러 모니터로 시선을 돌렸다.

분위기가 차갑게 식어 정적이 흘렀다.

내가 입을 열었다.

"시우 형, 합류하세요. 제가 먹고 큽니다."

"어…? 알겠어…."

이후 아무런 말도 하지 않았다.

오로지 성장에만 초점을 맞췄다.

포기할 거면 저들이나 하라지 나는 간절하게 꿈꿔왔던 이 무대를 그런 안일한 정신으로 날려버릴 생각이 없었다.

이들과 내가 월드 챔피언십 무대를 바라보는 꿈의 크기는 너무나도 다르다.

이들은 모르는 전생의 10년.

선수가 되어 이 무대에 우뚝 서는 모습을 매일같이 그린 날이 무려 10년이다.

그 크기의 차이도 어마어마하지만 이들은 솔직히 말해 나의 도움을 많이 받아 다른 친구들보다 손쉽게 이 자리에 앉아 게임을 할 수 있었다.

물론, 저들 나름의 고역과 고된 연습도 있었겠지만 전생의 기억으로 조금 더 빠른 길을 제시한 나의 역할이 결코 작지 않았다.

그런 주제에 한 경기를 쉽게 포기할 자격이 내 앞에서 있는가!

처음으로 팀원들에게 실망스러운 불만을 안고 내가 해내겠다는 일념 하나로 성장에 성장을 거듭했다.

팀원들이 어느 라인에서 어떤 상황으로 손해를 보더라도 크게 신경 쓰지 않았다.

포탑을 내주고 억제기 한, 두 개 내주는 때까지도 상관없었다.

넥서스만 지켜내면 뭐든 할 수 있을 것이다.

해적선장은 바닥에 설치하는 술통폭탄의 설계 여부에 따라 대인전, 라인 클리어, 견제, 수비, 공성까지 뭐든 해낼 수 있는 챔피언이었다.

게임 중반이 넘어가는 시점에서야 나는 제대로 된 화력을 뿜어낼 수 있을 만큼 아이템을 구비했다.

그리고 도망치며 성장을 도모하는 것이 아닌 팀원들을 불러 싸움을 붙게 만들고 이득을 챙겨가는 방식으로 방향을 틀었다.

이 때까지도 팀원들은 이 게임을 이길 수 있을 거라 생각지 않는 듯 기계적으로 먹고 막는 플레이만 반복했다.

아군의 포탑은 전부 철거 되었고 미드라인과 바텀라인 억제기까지 날아간 상황.

반대로 우리는 오리진의 1차 포탑 중 하나도 밀어내지 못한 채 완벽하게 갇혀 있었다.

내가 상단 정글 안에 핑을 찍으며 팀원들에게 말했다.

"이쪽에서 싸움 열어요. 어설프게 도망치는 척 잡혀줘도 되니까."

동시에 나는 지시한 지역 벽 너머에서 술통폭탄 설치 작업에 들어갔다.

적의 와드가 없어 시야가 닿지 않는 부분이었다.

좁은 정글 지역에서 한타가 벌어지면 나의 궁극기 활용도도 훨씬 높아지는 상황이었다.

기본적으로 해적선장을 상대한다면 정글 지역에서 싸우는 짓은 하지 않을 테지만 지금은 그런 것까지 신경 쓰기에 너무 격차가 많이 벌어졌다.

자신감 가득한 오리진은 밀고 들어올 것 같았다.

역시나.

상규가 설계한 그림대로 팀원들이 쫓기기 시작했고 오리진은 승기를 굳히기 위해 정글 깊숙한 지역까지 따라 들어왔다.

"싸워!"

내 말에 도망치던 팀원들이 곧바로 뒤로 돌아 득달같이 달려드는 오리진 선수들과 전투를 펼쳤다.

우리 팀이 녹아내리는 속도가 가히 상상 이상이었다.

순식간에 바텀 듀오가 녹아내렸다.

나는 기회를 엿보다가 적의 중심부와 퇴로를 차단하는 위치에 궁극기를 사용했다.

자연스럽게 궁극기를 피하기 위해 오리진 선수들이 전진했고 한 곳에 뭉치기 시작했다.

나는 바로 그 순간 벽 너머에 설치해둔 술통폭탄에 이어 벽 너머로 술통폭탄을 던져 터뜨렸다.

쾅! 쾅! 쾅!

오리진 선수들의 발밑에서 술통 폭탄이 터질 때 팀원들이 괴성을 질렀다.

♦

역전의 폭탄 한 방!

리뉴얼된 해적선장의 무서움을 그대로 보여주는 게임이었다.

마지막 순간까지 그 누구도 오리진이 지는 그림을 상상할 수 없었다.

만에 하나가 있다면 바로 해적선장의 술통폭탄 방어력 무시 대미지가 똘똘 뭉친 오리진 선수들에게 제대로 들어가는 것이다.

베놈은 그 만에 하나를 성공시켰다.

핵심 딜러 미드, 원딜을 폭탄 위에 올려놓고 폭발시킴과 동시에 점멸로 벽을 넘어가 깜짝 등장하더니 아이템으로 연쇄감전 시키며 한타를 뒤집어버렸다.

지속되는 궁극기의 영향으로 퇴로도 차단당한 상태라 로아즈의 제이크도 마수를 벗어나지는 못했다.

바로 그 한 번의 한타로 올인 러쉬를 들어가 넥서스를 부수고 역전에 성공한 피닉스 스톰은 경기가 끝나자마자 흥분된 얼굴로 대기실을 향했다.

이 믿을 수 없는 경기를 보고 팬들은 베놈이 이제는 브레이커와 같은 슈퍼 플레이로 팀을 캐리하는 경지까지 제대로 등극했다고 평가했다.

다음 경기에서 브레이커가 어떤 챔피언으로 얼마나 멋진 모습을 보여줄지 기대하는 이가 많았다.

그런데.

8강전 두 번째 세트.

올 라운더 플레이어 베놈은 출전하지 않았다.

◆

차 감독이 슬쩍 와서 물었다.

"진짜로 출전 안 할 생각이냐?"

"네."

"거 참…."

단호하게 잘라 대답하는 나를 보며 난감하다는 기색이 역력하다.

이번에는 장 코치가 와서 말했다.

"이번 게임 지면 나갈 거지?"

"글쎄요. 안 져요."

다시 한 번 잘라 말하는 나를 보며 장 코치가 고개를 갸웃했다.

그럼 도대체 내가 출전하지 않는 방법이 팀원들에게 어떤 영향을 줄 수 있냐고 묻는 것 같았다.

괜히 분위기만 무겁게 가라앉힌 것이나 다름없는 효과 아닌가?

차 감독도 궁금해 하기에 내키지 않지만 어쩔 수 없다는 듯 말했다.

"첫 번째 경기가 힘들어진 건 저 때문이에요. 밴픽 심리전에 당해버렸거든요. 제가 아니라면 그런 걸 당하지 않았겠죠."

"그럼 이기기 위해 빠진 거야?"

"꼭 그렇지만은 않아요. 안일한 마음가짐으로 한 게임 정도는 포기해도 된다는 생각을 꼬집고 싶었어요."

"여전히 이해가 잘 안 되는데? 이길 거라며. 너 없이도 이기면 걔들은 더 안일해지는 거 아니야?"

나는 고개를 좌우로 저었다.

"고전이야 하겠지만 기본 실력 차이가 있으니 이길 겁니다. 그럼 깨달을 거예요. 저 하나의 존재로 인해 이기고 또 지는 것이 아니라는 걸요."

차 감독은 어느 정도 이해한 듯 고개를 끄덕였다.

장 코치는 더 시간을 끌 수 없었기에 나 대신 밴픽을 진행하기 위해서 부스로 향했다.

팀이 꾸려지고 처음으로 내가 출전하지 않는 경기였다.

선수들이 어떤 마인드로 게임에 임하고 거기에 따른 결과에서 어떤 걸 얻을지 단정할 수 없지만 본인들의 진짜 힘을 깨달을 계기가 될 것이었다.

장기전이건 단기 레이스건 단판 승부가 아니라면 한 경기 정도 져도 괜찮다는 마인드는 훌륭하다.

쓸데없는 부담감을 없앨 방법이 된다.

그러나 한 경기 정도 포기해도 된다는 생각은 절대 용납할 수 없었다.

애초에 그런 마인드를 벗어 던지지 못할 거라면 프로 씬은 어울리지 않았다.

약 30분이 흘러 경기가 끝났다.

의외로 초반 교전에서 고전하던 우리 선수들은 중반부터 특유의 안정감과 운영방식을 찾아 몸에 밴 것을 뿜어냈고 결국에는 경기를 잡아냈다.

이로써 2:0 스코어로 우리는 4강전에 진출했다.

대기실로 들어오는 선수들의 표정이 머쓱했다.

걱정이 가득한 얼굴로 부스로 들어가던 그들이 아니었다.

승리를 확정짓고 나라는 존재에 대한 의존하는 마음과 부담감 따위를 확실하게 벗어던진 것 같았다.

선수들에게 내가 물었다.

"여러분에게 내가 있어야만 하나요?"

참 애매한 질문일 터였다.

그렇다고 대답하면 충분히 이겨낼 수 있는 자신감이 생겼다는 뜻이 담겨 있지만 내가 어떻게 받아들일지 모르고 아니라고 대답하면 아직도 나에게만 의존하는 마인드를 벗어 던지지 못한 모습이니 말이다.

잠깐 침묵이 흐르자 역시나 상규가 먼저 입을 열었다.

"응, 무조건 필요해. 덕분에 깨달았어. 첫 번째, 우리가 1경기를 포기하는 쪽으로 가닥을 잡고 은연중에 게임을 설렁설렁한 건 진욱이가 완전히 말렸기 때문이다. 두 번째, 이런 우리 모습에 진욱이가 뿔났다. 세 번째, 진욱이는 자신이 빠지면서 우리만 출전하도록 만들었다. 네 번째, 진욱이 없이도 승리를 거둔 우리는 뭔가를 깨달았다."

"진욱이가 말리면 우리가 잘 해서 뒤집으면 된다. 경기는 포기하면 안 되는 거였어. 미안하다."

상규가 물꼬를 트자 발언을 꺼냈던 당사자 장시우가 사과했다.

만형이 사과하니 팀원들이 고개를 숙였다.

어쨌거나 결과가 좋아 분위기가 험악해지지는 않았다.

승리를 거뒀고 4강에 안착했다.

팀원들도 안일한 마인드를 청산할 계기가 되었다.

다음 상대가 될 ST T1.

그들에게서 많은 승리를 가져왔지만 그렇기에 내가 안일

한 마인드에 더 민감했을 수도 있다.
원래 잘 이기던 팀인데 뭐….
이런 생각이 잠깐이라도 머릿속에 드는 순간 브레이커라는 괴물에게 잡아먹힐 것이 빤했다.
내가 팀원들에게 말했다.
"고생했어요. 4강 진출 축하해요."
굳이 서로의 잘못과 서운함을 콕 집어 이야기하지 않아도 깨닫고 풀어낼 수 있는 방법은 많았다.
4강전에 대한 전투 의지가 선수들에게서 솟아올랐다.

♦

월드 챔피언십 4강 라인업이 확정되고 다시 세계의 수많은 팬, 전문가들이 승부 예측을 시작했다.
대한민국 3강에 대한 의견도 적지 않았다.
한국 팬들 사이에서 '어차피 우승은 코리아.'라는 문구가 대유행하기도 했다.
일명 '어우코'라고 불리는 이 명예의 대상은 과연 누가 될 것인지 관심이 집중되었다.
그 관심의 첫 번째 대상.
세계무대에 데뷔한 록시 타이거즈는 착실하게 로열로더를 밟아 나갔고 4강전에서 압도적인 경기력으로 단 한 세트도 내주지 않고 결승전에 안착했다.

이로써 대한민국 내전 결승이 예약되어 있었고 이제 그 상대를 가릴 시간이었다.

♦

피닉스 스톰과 ST T1의 대결은 이미 수차례 성사되었고 중요한 무대에서 붙은 적도 있었으며 여러 차례 명경기를 뽑아내기도 했다.

그럼에도 불구하고 이 매치 업은 여전히 흥행을 보증하는 최고의 경기라는 걸 증명했다.

경기 시간이 한참이나 남은 시간부터 이미 만원이 된 경기장에는 지금까지와 다르게 수많은 국가에서 온 다양한 인종의 팬들이 관중석을 차지하고 있었다.

브라질 여행 겸 예선과 본선 일정을 건너뛰고 빅 매치가 열리는 4강 일정부터의 티켓을 끊어둔 것이다.

진행본부도 이런 사태를 예견한 듯 4강 일정의 아르바이트 직원을 대거 고용해 더 많은 구역을 담당하는 중이었다.

죽음의 조를 뚫고 올라온 피닉스 스톰.

상대적으로 널널한 팀을 꺾고 올라온 ST T1.

예선을 뚫고 올라온 상황만 놓고 본다면 피닉스 스톰이 유리해 보였고 보여준 게임에서 유추할 수 있는 경기력에도 단적인 비교가 불가능했다.

현재 두 팀의 상태가 정확이 어떤지 우열을 가리기 힘들다는 말이다.

그래서 팬들은 양 팀의 경기를 더욱 궁금해 했다.

과연 이 중요한 무대에서 ST T1이 비수를 꽂을 수 있을 것인가?

언젠가부터 피닉스 스톰에 비교하면 상대적 약팀이 되어버린 ST T1이었다.

이윽고 경기 시간이 되어 부스에 들어서는 양 팀의 선수들에게 전 세계 팬들의 아낌없는 환호와 박수가 쏟아졌다.

곧 보여줄 엄청난 경기에 대한 페이를 선불로 내겠다는 듯 열정적이었다.

선불을 받았으니 그에 맞는 경기를 보여줘야 할 선수들은 비장한 각오를 표정에 가득 담고 경기석에 앉았다.

3전 2선승제 경기의 첫 번째 세트.

순식간에 지나간 양 팀의 밴픽 페이즈에서 이렇다 할 깜짝 카드는 나오지 않았다.

깜짝 놀랄 만 한 일이랄 것은 ST T1이 피닉스 스톰의 주력 카드인 이즈를 밴하지 않았다는 것이었다.

베놈에게 강타 이즈를 내어주고는 상대할 자신이 있다는 듯 브레이커가 루시앙을 꺼내 들었다.

미드라인의 원딜 대전!

상대적으로 사정거리 싸움에서 밀리는 루시앙이지만 순간적으로 뽑아낼 수 있는 딜링은 훨씬 압도적이었다.

이례적인 상황이기도 했다.

브레이커는 결코 베놈이 선도하는 메타에 편승하지 않는 모습으로 그 선을 확실하게 정해둔 것처럼 보였는데 베놈이 발굴한 미드 루시앙을 활용하는 모습 자체가 색달랐다.

놀랄 것 없는 밴픽 페이즈.

그러나 진정한 놀라움은 게임 안에서 벌어졌다.

그간 브레이커를 효과적으로 봉쇄할 유일한 카드라는 평가를 받은 베놈이 처참하게 무너진 것이다.

루시앙이라는 카드를 발굴해준 대가치고는 가혹했다.

자신의 주력인 이즈를 들고도 저돌적인 브레이커의 루시앙 플레이에 솔로 킬을 무려 세 번이나 내어주며 게임 전체가 뒤틀려버렸다.

성장의 정도가 무엇보다 중요한 강타 이즈가 세 번이나 솔로 킬을 내준 이후 강력한 ST T1을 상대로 버텨내기가 쉬운 일이 아니었다.

첫 번째 세트를 무기력하게 내준 피닉스 스톰은 다소 충격을 받은 듯한 얼굴로 부스를 빠져나갔다.

[피닉스 스톰 주력 카드 들고 이렇게 발린 건 처음 아니냐? 완전 충격인데?]

[브레이커가 그동안 수모를 당하면서 갈고 닦은 걸 제대로 보여주네. 클라스는 영원하다는 거냐 ㅋㅋㅋㅋ]

[ST T1 임 코치가 인터뷰 하지 않았냐? '부진은 있어도 몰락은 없습니다.' ㅋㅋㅋㅋㅋㅋㅋ 오늘 대형사고 한 번 치는 건가?]

[사고라고 하기에는 ST T1이 이겨도 이상한 팀은 아니니까.... 피닉스 스톰 꺾고 결승가서 록시 타이거즈 꺾으면 애송이 참교육 정도 되는 거겠지.]

[두 번째 세트 이즈 또 풀어줄 것 같은데 베놈 머리 좀 아플 듯?]

팬들의 여러 추측이 오가는 가운데 두 번째 세트에 큰 변화가 생겼다.

미드라인으로 출전했던 베놈이 정글러 출전을 선언하고 원딜 출신 미드라이너 장시우가 출전한 것이다.

현존하는 정글러들 중 가장 폼이 좋은 미스터 큐를 엔트리에서 빼버린 건 과감한 결단이었다.

도대체 뭘 보여주려고 하는 건지 팬들은 더욱 관심을 가졌다.

밴픽이 시작되고 피닉스 스톰에서는 크게 다르지 않은 픽을 가져갔다.

베놈이 정글에서 크레이브를 잡았고 미드라이너 장시우

가 강타 이즈를 가져갔다.

원딜 출신이라 사용하는데 큰 문제가 없었다.

이번에도 역시 ST T1은 브레이커에게 루시앙을 잡게 하려고 했으나 밴 카드에 막혀버렸다.

그래서 꺼낸 카드가 코르기였다.

이번 패치 이후 베놈이 발굴한 원딜 미드라인 챔피언 2종 세트가 전부 브레이커의 손에서 모습을 드러낸 것이다.

루시앙으로 다른 사람도 아닌 베놈을 압도했던 브레이커인데 비슷한 특성의 코르기를 쥐고 장시우 정도를 상대하는 게 힘들지는 않을 거란 예상이 지배적이었다.

그러나 게임 안에서의 모습은 정반대였다.

장시우가 강타 이즈를 들고 브레이커의 코르기를 압도하는 그림은 아니었지만 원딜 포지션을 오랫동안 소화했던 노련함으로 굉장히 안정적인 운영을 했다.

손해를 보더라도 절대 맞상대하지 않았고 차근차근 압박 속에서도 성장하는 모습을 보였다.

그렇게 장시우가 시간을 벌어주는 사이에 베놈의 크레이브는 온 전장을 뒤집고 다녔다.

압도적인 속도로 최적화된 루트를 밟아 아군 정글을 말살하더니 적 정글을 향하는 동선에서 탑 라인을 찔러 킬 포인트를 올리고 적 정글을 빼먹고 귀환해서 아이템을 구매했다.

아군 정글의 몬스터가 재생성되자 똑같은 운영이 반복되었다.

조금 다른 점은 탑에서 시작한 코스로 바텀까지 몬스터를 말살하고 바텀 라인에 들러 킬 포인트를 만든 다음 적 정글로 들어갔다는 점이다.

뒤늦게 지원하러 달려온 ST T1의 정글러 장병기는 어설픈 합류를 포기하고 정글 안에서 기습적으로 크레이브를 잡아내려 했지만 이미 아이템 차이가 벌어지기 시작해 크레이브를 잡기는커녕 오히려 당하고 말았다.

우와아아아아아아아아아아아아아아아아!

온 전장을 휘젓고 다니는 베놈을 보며 팬들은 도저히 조용한 관람이 불가능한 이들처럼 환호를 질러댔다.

폭풍 성장한 베놈의 크레이브는 이전 경기 브레이커의 루시앙처럼 온갖 무쌍을 찍으며 게임 자체를 캐리해 버렸다.

순식간에 1:1 스코어가 되어버린 경기.

역대 두 팀의 경기에서 압도적인 경기가 나온 적은 없었다.

언제나 치열했다.

그런데 오늘 경기는 번갈아 압도적이다.

그리고 그 주축은 희대의 라이벌 베놈과 브레이커였다.

이 또한 나름대로 엄청난 임팩트를 가져다주었다.

[두 선수 다 엄청나다.]

[그런데 피닉스 스톰이 조금 반칙 아니냐? 결국에는 브레이커와 맞상대를 피하고 캐리한 거잖아.]

[어찌 됐건 게임만 이기면 그만이지.]

[팀은 이길지 몰라도 베놈은 패배하는 그림인가?]

[다음 경기에서 베놈 어느 포지션에 출전할 거냐!]

팬들은 다시 한 번 베놈과 브레이커가 맞붙기를 원했다.

그리고 세 번째 세트!

팬들의 바람이 이루어졌다.

"베놈, 브레이커의 맞대결! 두 선수가 미드라인에 맞붙습니다!"

"아아, 밴픽이 참 흥겹습니다. 크레이브, 이즈, 루시앙, 코르기 전부 밴입니다!"

"양 선수가 어떤 챔피언을 가져갈지 기대가 되는데요?"

"곧 선택의 순간이 옵니다!"

세 번째 세트의 결과로 결승전에 갈 수 있는 팀이 결정되다 보니 신중에 신중을 기하는 것이 느껴졌다.

서로 좋은 모습을 보여줬던 챔피언들을 다 잘라내고 나니 어쩌면 원래 메타에 흔들리지 않았던 ST T1이 유리하지 않을까 싶은 시선도 있었다.

챔피언 선택의 시간이 끝나고 격전지가 될 미드라인의 두 챔피언도 결정되었다.

브레이커는 본인이 가장 즐겨 사용하던 고전적인 챔피언을 꺼내 들었다.

라이진.

정확한 커맨드 입력만 가능하다면 3코어 아이템을 갖췄다고 가정했을 때 3:1 전투도 무리 없이 소화할 수 있는 왕귀형 챔피언의 대표주자였다.

베놈이 그 맞상대로 꺼내든 챔피언은 다시 한 번 해적선장이었다.

오리진을 상대할 때 보여줬던 술통폭탄의 어마어마한 위력을 다시 한 번 재현할 수 있을지와 동시에 라이진과 반대로 물리 공격력 기반의 왕귀형 챔피언이라는 점이 관전 포인트였다.

브레이커와 베놈이라는 걸출한 스타 둘이 각각 한 세트씩 캐리하고 나서 제대로 된 캐리력 맞대결을 펼친 것이다.

♦

노골적인 도전장이었다.

브레이커가 처음으로 내가 발굴했던 메타를 사용했다는

것 자체가 그런 느낌으로 다가왔다.

물론, 전생의 기억을 더듬어보면 루시앙을 미드라인에 기용해서 즐겨 사용할 만큼 그 챔피언 자체를 좋아하는 브레이커라는 사실을 알고 있다.

하지만 이 중요한 무대에서 처음 꺼내 내게 보여준 모습은 서로 캐리력으로만 대결해보자는 무언의 도전이나 다름없었다.

나는 기꺼이 응했다.

현 시점에서 내가 가장 강력한 캐리력을 뽐낼 수 있는 챔피언으로 이즈를 생각했다.

하지만 보기 좋게 막혔고 다시 꺼내든 크레이브로 게임을 휘어잡았다.

세 번째 세트.

서로의 차포를 다 떼고 가진 패 중에서 다시 한 번 캐리력 대결이었다.

팀원들에게 말했다.

"무조건 미드라인 캐리력 싸움이에요. 라이진이 잘 크나 해적선장이 잘 크나 겨루는 싸움이니까 소규모 전투에 집중하고 커버 플레이 늘 신경 쓰세요."

팀원들도 충분히 게임 분위기가 어떻게 돌아가는지는 알고 있었다.

우리의 결승행이 미드라인 성장에 달려 있다는 걸 모를

리 없으니 최고의 플레이로 미드라인을 서포트할 것이었다.

◆

해설진이 흥분을 감추지 못했다.

"펑! 펑! 펑! 해적선장의 술통폭탄이 터지면서 게임도 함께 터져 나가는 것 같습니다!"

"폭탄 설치 경로가 너무 좋아요! ST T1 선수들 속수무책으로 당합니다!"

"브레이커 선수의 라이진도 엄청난 성장을 했습니다만 비장의 카드 볼매 강영식의 카우스타에 계속해서 마크 당합니다! 전장에 접근 자체를 불허하고 있어요!"

"상대적으로 해적선장은 사정거리도 길고요. 궁극기는 사정거리에 제한 자체가 없어요. 전장에 미치는 영향이 훨씬 크다는 말입니다."

"소나무 메타의 끝이 보인다고 할 정도로 캐리력 있는 탑 챔피언들이 득세하는 이 때 카우스타를 탑으로 기용한 수가 제대로 맞아 떨어졌고요. 거기에 호응하는 베놈 선수의 캐리력은 소름이 돋을 지경입니다!"

피닉스 스톰은 엄청난 호흡을 앞세워 베놈의 캐리력을 극한까지 끌어올렸고 그것을 무기로 휘두르며 점점 ST T1의 본진을 압박해 들어갔다.

브레이커의 라이진이 호시탐탐 기회를 노렸으나 볼매 강영식의 카우스타는 빈틈을 내주지 않았다.

단순한 대인마크와 난타전.

이것만으로 피닉스 스톰이 ST T1을 무릎 꿇리기 직전이었다.

"ST T1의 왕조가 위태위태하다는 말이 많았습니다만 언제나 왕조의 영광을 잃지 않았다고 팬들이 항상 말씀하셨습니다. 그런데 그 영광이 또 한 번 희석되기 직전입니다!"

"피닉스 스톰 기회를 잡았죠! 안일한 플레이로 다시 숨쉴 구멍을 열어줄 생각은 없어 보입니다! 억제기를 밀고 들어섭니다!"

"쌍둥이 포탑과 넥서스만 위태위태하게 남아 있습니다! 접근하고 싶은 브레이커 선수! 하지만 틈이 도저히 없어요!"

"쌍둥이 포탑 첫 째를 제거합니다! 둘째도 곧 따라갈 것 같아요! 해적선장은 물리 공격력 기반 챔피언입니다. 건물 부수는 건 일도 아니에요!"

"넥서스! 넥서스! 넥서스!"

팬들의 충격과 환호 속에서 피닉스 스톰은 ST T1의 성에 깃발을 꽂았고 결승행을 확정지었다.

♦

ST T1의 결승 진출이 좌절되면서 팬들의 마음도 완전히 돌아서는 계기가 되었다.

언제나 다른 구단을 향해 총구를 겨누면 든든했지만 언젠가부터 피닉스 스톰만 만나면 연전연패를 면치 못하니 팬들의 인내심도 바닥이 나버린 것이다.

대한민국으로 돌아가야 하는 ST T1 선수들의 어깨가 무거워 보였다.

반면에 피닉스 스톰은 절대강자로 군림하던 ST T1의 천적이라는 타이틀을 얻을 수 있었다.

게다가 대한민국 내전으로 월드 챔피언십 결승전이 치러진다는 사실만으로도 양 팀은 이미 최고의 지지를 등에 업고 다닐 수 있게 되었다.

결승전 무대에서 마주한 피닉스 스톰과 록시 타이거즈 선수들의 얼굴에는 비장한 결의가 그대로 묻어 있었다.

장노철 감독은 여유로운 모습으로 베놈 권진욱을 바라보며 씩 웃었다.

지역 리그 결승전과 달리 월드 챔피언십 결승전은 대회 그 자체만으로도 축제였기에 자질구레한 축하 무대나 이벤트는 생략되어 있었다.

양 팀의 대면 이후 곧장 경기 준비에 들어갔다.

오늘도 역시나 관객석은 만석이었고 팬들의 기대감도 역대 최고라고 할 만큼 하늘을 찌르고 있었다.

혜성처럼 등장해 로크라는 게임을 이끌었던 피닉스 스톰.

전무후무한 월드 챔피언십 로열로더 록시 타이거즈.

어느 팀이 우승하더라도 세계무대에서는 처음이 될 테고 신선한 충격이 될 터였다.

피닉스 스톰과 ST T1의 대결에서 팬들이 기대하는 바가 베놈과 브레이커의 캐리력 대결이라면 록시 타이거즈와 대결에서는 전혀 다른 것을 기대했다.

핵심 선수인 베놈과 네오맨.

올 라운더 플레이어 두 선수를 적재적소에 배치하며 여러 조합으로 승부를 보는 전략 싸움.

상대하는 팀에 따라 확연히 다른 스타일의 게임을 펼칠 수 있다는 것 자체가 피닉스 스톰이 가진 가장 무서운 무기는 아닌지 평가하는 목소리가 나왔다.

이 기대에 부응하기라도 하듯 결승전 첫 번째 세트 베놈과 네오맨은 전략적으로 포지션을 선택해 출전했다.

베놈은 탑 라이너로, 네오맨은 정글러로 첫 경기를 맞이했다.

최근 리뉴얼된 해적선장으로 큰 재미를 봤던 베놈은 탑 라인에서 해적선장을 꺼냈다.

네오맨의 정글은 역시 최근 대세로 떠오른 크레이브였다.

손에 익은 챔피언이 아니면 큰 힘을 발휘하지 못하던 네오맨인데 크레이브 정글은 그의 성향에 잘 맞는 듯 언젠가부터 능숙한 플레이를 선보였다.

두 선수의 주력으로 맞붙은 첫 번째 세트는 팬들의 예상과 전혀 다른 경기가 펼쳐졌다.

네오맨의 크레이브 정글은 대체로 빠른 정글링을 통한 빠른 성장 후 중장기전을 핵심 운영방법으로 두고 있었다.

그런데 북미잼 메타의 궁극에 올랐다는 평가를 받던 록시 타이거즈 특유의 색을 그대로 입혀 온 맵에서 난전을 일으키더니 크레이브에게 많은 킬 포인트를 몰아줘 압도적인 성장 격차로 찍어 누르기 시작한 것이다.

엄청나게 성장한 네오맨의 크레이브는 집요하게 베놈의 해적선장을 따라붙었다.

불리한 상황 속에서 해적선장의 성장을 끝낸 베놈이 보여준 캐리력을 기억하기에 취한 조치였다.

첫 번째 게임은 생각지도 못한 네오맨의 캐리력에서 큰 임팩트가 뿜어져 나왔다.

◆

첫 번째 세트를 내주고 부스를 빠져나오던 중 마주친 장노철 감독의 눈빛.

나를 비웃는 듯한 그 눈빛이 잊히지 않았다.

마치 '전력으로 올라와 꺾을 거라며? 어떻게 된 거야?' 라고 묻는 듯 보였다.

미간을 찌푸린 채 앉아 있으니 상규가 슬쩍 다가왔다.

"다음 경기 크레이브 밴 할 거야? 혹시 애들이 선픽 가져간다. 확실히 정해."

"고민 중이야."

지금 내 가장 큰 고민이었다.

네오맨이 두 번째 세트 어느 포지션으로 출전할 것인가?

선픽 주도권을 가진 차례였다.

정글로 다시 나와 크레이브를 가져갈 수도 있는 노릇이었다.

아니면 반대로 나를 다른 포지션으로 끌어낸 다음 네오맨이 준비한 다른 카드를 꺼낼 지도 몰랐다.

하지만 나는 그들이 네오맨의 크레이브 정글을 밀어붙일 거라는 것에 조금 더 신경이 쏠려 있었다.

장노철 감독이라면 충분히 그럴 수 있다.

승부욕과 자존심으로 똘똘 뭉친 그 인간이라면 다시 한 번

그 카드로 우리를 꺾고 나를 비웃고 싶겠지.

어느 정도 같은 생각이었는지 상규가 작게 말했다.

"다음 세트 나 쉬어도 되니까. 크레이브 던져주고 아예 기를 꺾어버려."

"무슨 수로…?"

"크레이브 정글도 무적은 아닐 거 아냐. 카운터가 있어. 그런데 나는 못 다뤄."

한 번도 내게 이런 제안을 꺼낸 적 없었던 상규다.

그만큼 이 무대에 집중하고 있다는 뜻이었다.

본인이 찾아낸 카운터 챔피언이지만 능숙하게 다루기 힘드니 올 라운더인 내게 부탁한다는 건 쉬운 일이 아니다.

월드 챔피언십 결승 무대에서 결장하게 되는 걸 감수하고서라도 말이다.

나는 진지하게 상규의 이야기를 새겨 들었다.

모든 계획을 듣고 나서 이마를 탁! 칠 수밖에 없었다.

크레이브 정글은 무적이 아니었다.

♦

두 번째 세트 밴픽 시작과 동시에 관중석에서는 연신 탄성이 터져 나왔다.

예상했던 그대로 네오맨은 다시 한 번 정글로 출전했고

베놈 역시 정글로 출전하며 미스터 큐의 결장이 결정되었다.

선픽 주도권을 쥔 록시 타이거즈를 견제하기 위해서는 피닉스 스톰이 반드시 크레이브를 밴해야 하는 상황이었다.

그런데 밴 카드를 하나씩 사용할 때마다 크레이브의 이름은 나오지 않았다.

마치 크레이브를 가져가라고 압박하는 것처럼 보였다.

이런 도발에 꼬리를 말고 돌아설 장노철 감독이 아니었다.

록시 타이거즈는 한 치의 망설임도 없이 곧장 크레이브를 가져가버렸다.

이후 밴픽은 무난했다.

록시 타이거즈는 파이어 럼블을 가져가면서 탑 라인에 새로운 변화를 보일 것처럼 움직였다.

빠르게 조합이 갖춰지면서 이윽고 피닉스 스톰의 마지막 차례.

파이어 럼블, 루시앙, 케이틀리나, 트레쉬로 베놈이 가져갈 정글러 한 자리만 완성하면 될 상황이었다.

많은 이들이 탱킹형 챔피언의 부재로 그라카스 정글이나 오히려 더 공격적인 선택을 해서 공격적인 운영을 보여주지 않을까 생각했다.

그 때, 마지막으로 올라온 챔피언은 다름 아닌 나무요정이었다.

소나무 메타의 핵심.

탑 라인으로 최근 많이 기용되던 나무요정이다.

그러나 나무요정이 여러 패치를 겪기 전에 원형은 정글러였다.

패시브 효과로 인해 안정적인 정글링이 가능했기 때문에 초식형 정글러의 대표주자 중 하나였다.

그래서 모두가 탱킹을 보강하기 위해 나무요정이 정글로 갈 거라 생각했다.

하지만 마지막 스왑 단계에서 나무요정은 별안간 탑 라인으로 올라가버렸다.

그리고 정글러 베놈이 쥔 챔피언은 파이어 럼블이었다.

와아아아아아아아아아아아아!

파이어 럼블 정글이라니!

팬들이 환호하지 않을 수 없었다.

과연 파이어 럼블 정글이 어떤 모습을 보여줄지 모르지만 챔피언 선택 자체는 확실한 반응을 이끌어냈다.

경기가 시작되고 팬들은 두 눈을 의심할 수밖에 없었다.

크레이브 정글이 어떤 의미인가?

베놈이 직접 발견해서 유행을 이끌었다.

압도적인 속도와 안정성으로 정글링이 가능했고 마주치는 모든 정글러를 대미지로 압살할 수 있었다.

그래서 독보적인 정글 0티어 자리를 유지한 것이 아닌가.

네오맨은 그런 현실을 뼈저리게 느끼도록 하겠다는 듯 자연스럽게 3레벨 카운터 정글 동선을 밟아 들어갔다.

파이어 럼블은 정글링 내내 크레이브 보다는 다소 느린 속도였지만 생각 외로 안정적인 모습을 보여주었다.

맞상대할 때 체력적인 핸디캡은 없는 상태였다.

이윽고 마주친 두 선수. 그리고 두 챔피언.

크레이브는 자신감 가득한 모습으로 이동기를 사용해 접근했다.

파이어 럼블은 후퇴 대신 저돌적인 공격을 선택했다.

3레벨 정글에서 벌어지는 긴장감 넘치는 일기토였다.

"아아! 파이어 럼블 과열상태! 스킬을 다 쏟아 부은 채로 일반 공격을 퍼붓습니다!"

"네오맨 선수의 크레이브도 이리저리 움직이며 산탄총을 쏩니다! 스킬도 벽에 정확히 적중했어요!"

"아니! 그런데! 이게 무슨 일이죠! 크레이브의 체력이 살살 녹아내립니다! 고작 3레벨인데요!"

"딜이 따라가지를 못합니다!"

충격적인 장면이었다.

무적이라고 생각했던 크레이브 정글이 1:1 대결에서 무기력하게 패배하는 모습은 최근 게임을 접했던 모두가 쉽게 납득하기 어려운 장면이었다.

그만큼 크레이브 챔피언 자체에 대한 성능이 어마어마한 시기였다.

모두 어안이 벙벙한 새에 크레이브는 파이어 럼블에게 모든 스펠까지 빼앗기며 킬 포인트를 헌납하고 말았다.

◆

크레이브의 손발이 묶이고 언제 어디에서 떨어질지 모르는 파이어 럼블의 궁극기 지원 아래 두 번째 세트를 피닉스 스톰이 잡아냈다.

이로써 1:1 동점인 상황.

세 번째 세트로 넘어가는 시점에 다시 한 번 팬들의 기대는 베놈과 네오맨의 출전 포지션이었다.

장노철 감독은 자존심이 굉장히 강한 사람이었다.

밴픽 상황마다 정교하게 설계해서 결국에는 크레이브를 가져오도록 모든 게임을 준비했다. 그렇게 크레이브 정글을 준비했는데 그게 막힐 거라고는 생각지도 못했다.

장노철 감독은 두 번째 세트 끝나고 부스를 나가며 보인 베놈 권진욱의 비릿한 미소에 천불이 터졌다.

남은 세트 전부 크레이브를 사용해야 하는데 파이어 럼블이라는 예상외의 카드가 나타났고 밴 카드 하나를 거기에 소비하면 불리한 밴픽 구도로 나가야했다.

세 번째 세트에 들어서 록시 타이거즈는 울며 겨자 먹기로 파이어 럼블을 밴한 채 크레이브를 가져오는 강수를 뒀다.

피닉스 스톰은 밴 카드 하나에 풀려난 이즈를 취하면서 크레이브를 견제할 수단으로 또 하나의 챔피언을 골랐다.

"아아! 얼마 만에 모습을 드러내는 겁니까!"

"러워 정글입니다! 이건 미스터 큐 선수가 주력으로 사용했었던 랜턴 정글의 시작이죠!"

"베놈 선수가 미드라인으로 출전한 것은 이 모든 것을 예상했던 것 같습니다!"

게임 안에서의 모습은 더 엄청난 반전이 기다리고 있었다.

러워 픽의 의도가 크레이브에게 확정 CC 궁극기를 사용한 채 잘라먹기 위한 거라고 판단한 네오맨은 먼저 CC 해제 아이템을 구비했다.

그 덕에 대미지는 못 봐줄 수준이었는데 교전이 벌어질 때마다 러워은 다른 딜러들을 물어뜯으면서 한타를 지배했고 랜턴 이후 방어 아이템으로 단단한 탱킹력도 제공했다.

세 번째 세트도 피닉스 스톰이 잡아냈고 베놈 권진욱은 다시 한 번 장노철 감독을 바라보며 비릿한 미소를 머금었다.

마지막이 될 수도 있는 네 번째 세트.

마치 대한민국 리그에서 선취점을 가져간 피닉스 스톰이 내리 3연패를 하며 우승을 내어줬던 그림을 데칼코마니처럼 찍어 복수하는 모양새였다.

네 번째 세트에서도 장노철 감독은 크레이브 정글을 고수했다.

더 이상 준비한 카드가 없었다.

준비하지 않은 플레이를 펼치는 것보다 준비한 카드로 상대하는 것이 낫다는 판단이었다.

베놈은 마치 원하는 것을 얻은 어린 아이마냥 해맑게 웃으며 밴픽을 주도해 나갔다.

파이어 럼블을 밴할 수밖에 없도록 만든 시점부터 예견된 상황이었다.

이번 게임에서도 러워 정글을 뽑아 크레이브를 상대했다.

속도는 뒤쳐져도 정글링이 안정적이었고 궁극기의 활용도는 매우 다양했다.

랜턴 스텍이 쌓이면 부족한 속도도 커버가 되었다.

게임이 진행되는 내내 베놈 권진욱의 표정은 밝았고

대기실의 장노철 감독은 어두워졌다.

이미 승패는 결정되어 있는 것이나 다름없어 보였다.

베놈 권진욱은 그렇게나 경계하던 장노철 감독을 드디어 넘어선 것이다.

게임 후반.

치열하게 치고받던 양 팀의 한타 중 서포터 정남규의 날카로운 CC기가 네오맨의 크레이브를 잡았고 어쩔 수 없이 CC 해제 아이템을 사용했다.

그 틈을 노린 미스터 큐의 러윅이 득달같이 궁극기를 쓰며 달려들었고 베놈 권진욱의 해적선장이 물 흐르듯 자연스러운 연계기로 술통폭탄을 터뜨리며 한타를 지배했다.

피닉스 스톰의 막내 트리오.

세 사람의 합작품은 거침없이 휘어잡은 승기를 휘두르며 적진으로 진격했고 억제기와 쌍둥이 포탑까지 순식간에 밀어버렸다.

"아아! 피닉스 스톰! 넥서스를 두드립니다!"

"월드 챔피언십 우승이 눈앞에 있습니다! 넥서스 체력이 빠르게 사라집니다!"

"록시 타이거즈 선수들 어떻게든 막아내기 위해 안간힘을 쓰지만 막아 낼 재간이 없습니다!"

"넥서스! 터집니다! 터집니다! 터집니다!"

피닉스 스톰 부스 안에서 이미 선수들은 자리를 박차고 일어나 만세를 부르고 있었고 록시 타이거즈 선수들은 고개를 푹 숙인 채였다.

대형 전광판에 피닉스 스톰 선수들이 적의 넥서스를 터뜨리는 장면과 함께 무대 뒤편으로 엄청난 폭죽이 하늘로 쏘아졌다.

대형 전광판에 월드 챔피언십 우승을 알리는 문구와 함께 기뻐하는 피닉스 스톰 선수들의 모습을 잡아주고 있었다.

화면 중앙에는 베놈 권진욱이 감격에 겨운 눈물을 머금은 채 찍히고 있었다.

베놈 권진욱은 두 번의 생에 그토록 바랐던 무대에서 선수로써 우승하는 감격을 누리며 전광판에 비친 자신의 모습을 하염없이 바라보았다.

〈완 결〉